Vistazos
de la
frontera

Para Jorge,

¡Muchas gracias por tanta inspiración a través de todos los años!

Con mucho cariño, un fuerte abrazo

Vistazos
de la
frontera

Ernesto Mireles

Copyright © 2023 by Ernesto Mireles
Diseño de portada por Anneliese Mireles
Editada por Lorena Díaz Morales, Hablando de Letras

Reservados todos los derechos. No se permite la reproducción total o parcial de esta obra, ni su incorporación a un sistema informático, ni su transmisión en cualquier forma o por cualquier medio (electrónico, mecánico, fotocopia, grabación u otros) sin autorización previa y por escrito. Para solicitar permiso o para recibir más información, diríjase a la editorial en la dirección a continuación.

Esta novela es una obra de ficción. Los nombres, personajes, lugares y sucesos son productos de la imaginación del autor o se utilizan de manera ficticia.

ISBN: 979-8-9852303-6-9

Primera edición, mayo 2023

Create Sparkle
867 Boylston St., Suite 500, Unit #525
Boston, MA 02116
info@createsparkle.art

*Dedicado a toda mi familia,
de ambos lados.*

*El mundo soñado continúa al despertar,
como el mundo real al dormir o morir.*

1 – *Apertura*

1979

La Navidad de 1979 fue inolvidable. Tenía 5 años. Vivía en la casa de los abuelos, en el Centro Histórico de Piedras Negras.

Tengo pocos recuerdos de cómo llegué hasta ahí. El más constante de estos era Victoria, mi hermana mayor. Desde que hago cuentas, yo siempre contaba con su presencia. Nunca existí sin ella. Haz de cuenta que mi mundo empezó una tarde de diciembre. Íbamos en el carro a unas cuadras de la casa cuando el abuelo hizo una repentina declaración que nos llamó la atención hacia la banqueta.

—Fíjense todos a la derecha, allí está Santa Claus.

Entonces, todos nos acercamos a la ventana para mirar a la derecha.

—Míralo, ¡allí está! —dijo Victoria, señalando con el dedo para que yo también lo pudiera ver.

¡No lo podía creer! Allí estaba Santa Claus, justo como me decían.

Al instante me sentí tan afortunado. Imaginaba un mundo que era tan, tan grande, y que iba mucho más allá de los límites de mi conocimiento. Me puse a pensar en todos los niños y niñas que lo esperaban ver esa Navidad y que contaban tanto con su presencia. De todos los lugares en el mundo qué suerte haberlo visto allí, a solamente unas cuadras de la casa.

¡La Navidad se estaba acercando!

Regresamos a la casa un poco después y cuando abrieron la puerta del coche me desaté como un relámpago. Entré y me fui corriendo por toda la casa buscando a mi primo, pasando primero por la sala donde vi a mi prima. Estaba acomodando todas las piezas de Navidad, las luces y los adornos con mucho cuidado y diligencia para hacerlos brillar al máximo.

—¡Hola, Ileana! —la saludé de paso y seguí corriendo, casi volando por el comedor y la cocina, donde la abuela estaba preparando una sopa de arroz y unos filetes de pescado.

—¡Hola, Pedro!

—¡Hola, abuela! —le dije sin parar de correr, pasando rápido por la cocina— ¡Vimos a Santa Claus!

Le seguí dando, corriendo más allá de la cocina hasta el jardín trasero, donde por fin lo encontré en los columpios. Me subí al segundo columpio libre enseguida de él y le di con todo.

—¡Antonio, Antonio! ¡Vimos a Santa Claus! ¡Vimos a Santa Claus! —le decía mientras pateaba la tierra para ir más y más arriba.

Había una pata del andamio que no estaba bien enterrada, lo que hacía que se moviera todo el sistema con cada oscilación, impulsando aún más energía y movimiento.

—¿Ah, sí? ¿Dónde, dónde?

—Lo vimos en la calle. ¡Vimos a Santa Claus!

—¡Ay, qué padre! ¿Y qué le vas a pedir para Navidad?

—¡Un tren y un puente! ¡Yo quiero un tren y un puente!

Le seguí dando con todo. Quería volar como los nueve renos que tiran el trineo de Santa Claus. Ese era el inicio de la temporada. A partir de entonces, ¡los siguientes días estaban llenos de magia!

Esa noche, todos nos sentamos en la sala. Era una habitación chica y rectangular, con un sofá modular que delineaba dos paredes. Al lado opuesto estaban la mesa y el piano, que se unían para establecer la primera capa de la plataforma para la montaña que se armaba cada año. Me quedé asombrado por todo lo que vi y sentí. Había una construcción de un terreno rocoso, parcialmente cubierto de escarcha. Sobre el monte estaban el árbol de Navidad y el nacimiento. Mis pupilas se dilataron ante todo el escenario. Todos los focos eran de colores y brindaban tanta calidez al desprender su calor y resplandor. En la esquina opuesta había otra silla, un florero y todas las paredes estaban llenas de marcos con retratos de familiares. Los efectos temporales del espacio, de las luces y de las fotos eran tan íntimos que convirtieron ese lugar en algo muy sagrado y especial. A esto se sumaban las voces que resonaban en la casa, los sonidos de la calle, las delicias de la cocina que alentaron al olfato, la textura de los sofás y el suelo, los juegos aleatorios, los niños y niñas amontonándose con cariño y felicidad.

Mi esfera recibió todas las entradas, grabándolas para instalarlas en mi ser, como si fueran las claves para descifrar una vida o la historia y el destino de todo. Este conjunto se guardó en mi consciencia y subconsciencia, para desempacarse otro día y convertirse en una fuente interminable de nostalgia en donde iba a soltar mis más lindos recuerdos.

Aquellos eran días de fiestas y posadas, de tamales y villancicos, de reuniones con familiares y amigos que llegaban al azar de la tarde para cenar o quedarse hasta muy pasada la medianoche. Allí me puse a escribirle a Santa Claus al Polo Norte, pidiendo que me trajera un tren y un puente, por favor, porque así se pedía todo.

—Esta noche es Nochebuena y mañana es Navidad —declaró el abuelo, ya que por fin llegó el 24 de diciembre.

Nos sentamos a la mesa comunal y disfrutamos los tamales con arroz y frijoles y unas galletas de Navidad. Ya no podía esperar más.

—Levántame temprano —le pedí a Victoria, antes de irme a dormir esa noche.

Era una casa somnolienta que solía desvelarse todas las noches, para por fin entregarse al mundo de los sueños sin ninguna prisa por levantarse al nuevo día. Esa noche me acosté temprano para no impedir el azar de la temporada o los planes de Santa Claus, aunque me costó mucho tiempo hasta que el cansancio por fin me venció.

Victoria me levantó temprano la próxima mañana. Hacía frío y yo había quedado muy bien acomodado entre las cobijas y la almohada, pero renuncié a la comodidad de la cama con un impulso. Me deslicé de la cama y me puse los calcetines. Entonces nos dirigimos hacia la sala, caminando muy despacio y sin ruido para no despertar a nadie. Pasamos por el pasillo. Pude escuchar los leves ronquidos que hacían eco en las recámaras, antes de perderse en el vacío. Al fondo permeaba un silencio más amplio. Parecía haber poco movimiento en la calle a tal hora, como si todo Piedras Negras siguiera quieto y adormecido. Giramos por el comedor y desde luego me percaté de los parpadeos de las luces navideñas que se habían quedado encendidas toda la noche. Victoria iba dos pasos por delante de mí cuando entramos a la sala.

¡Santa Claus había regresado a Piedras Negras!

Nos había dejado a todos un escritorio que decía *Draw and Play Together*, un juego *Train Set & Village* de Los Picapiedra, *The Tuneyville Choo-Choo,* un Piolín y un Bugs Bunny de peluche.

Un rato después despertaron Ileana y Antonio y se vinieron a jugar con nosotros. Los cuatro pasamos toda la mañana del 25 jugando en la sala con los regalos de Santa Claus, mientras que la casa seguía durmiendo. ¡Nuestra imaginación no tenía límites! Era martes 25 de diciembre de 1979, en los albores del Año Nuevo y la década entrante. Parecía que todo el mundo estaba al alcance a través del tren y el puente.

No tenía la menor idea de todo lo que nos esperaba del otro lado.

Entrando al kínder

Al poco tiempo, llegó una mañana fresca al inicio de enero de 1980. Habíamos entrado en la nueva década que nos guardaba tanto por delante y que estaba a punto de estallar como una revolución tras todos los ejes.

La abuela nos levantó temprano a Victoria y a mí. Enseguida me tuvo lista la ropa del día. Pantalón de mezclilla, una camisa, un suéter azul con botones oscuros, tirantes y zapatos negros. Me alisté y luego pasé al comedor, donde Victoria ya estaba desayunando. Llevaba una falda azul de cuadros y una camisa blanca de manga larga. Me senté a su lado y empecé a desayunar pan con mantequilla. Todos los demás seguían dormidos al fondo de la casa y pude oír al tío Esteban roncando con una leve resistencia mientras desayunábamos. No nos dilatamos. La manecilla corta del reloj casi llegaba al 8 y la larga apuntaba hacia el 9. Terminé el vaso de leche, me lavé los dientes y luego salimos de la casa sin hacer mayor ruido.

De allí nos fuimos los tres. Caminamos unas cuadras y no tardamos en llegar al puente, donde la abuela se despidió de nosotros.

—Vayan y tengan muy buen día —nos dijo—. La señora Benavides los va a estar esperando, por favor, dile que le mando mis saludos y que pronto paso a visitarla.

Hizo un pequeño ajuste a mis tirantes y me dio una bolsa con un lonche que me había preparado esa mañana. Entonces nos dio un abrazo a los dos.

—Los veo en la casa —añadió.

Victoria y yo seguimos caminando, según su conocimiento. Cruzamos el puente, pasamos por el agente aduanal, volteamos a la izquierda y luego le dimos otras cuadras más hasta que llegamos a una puerta desconocida. Allí entramos. Era el salón del kínder y estaba lleno de niñas y niños. Victoria me dejó a cargo de la señora Benavides, recordándome que debería de esperarla ahí al final del día. Y luego se fue a su salón, que quedaba al otro lado del campo, en el edificio principal. Ella ya iba en cuarto grado.

Inmediatamente, ¡sentí el peso de todo el salón encima! De niño siempre añoraba al mundo desconocido del más allá. Siempre me lo había imaginado como algo muy lejos y para otro día, pero entonces me di cuenta de lo que era someterse por completo a un cambio abrupto. La casa de los abuelos aún quedaba cerca, pero me sentí arrancado de todo ese mundo conocido y súbitamente metido en uno nuevo y ajeno. Solamente tuvimos que cruzar el puente y abrir una puerta para llegar.

—Pedro, ¡bienvenido al kínder! —me dijo—. Aquí pasaron por este salón tu hermana Victoria, tu tía Ronda, tu tío París… ¡Qué bonito tenerte a ti!

—Muchas gracias.

Eran muchos los niños y niñas, sentados alrededor de mesas cuadradas, que ocupaban 8 sillas cada una. La señora Benavides me tuvo lista una silla donde me senté. Caí en el caleidoscopio con las pupilas dilatadas, sintiendo toda la geometría y los efectos del salón como una nueva variante de gravedad. Había dos pizarrones, con tizas color arcoíris y borradores gordos. Había un espacio lleno de cobijas y almohadas para la siesta. Había otra pared que estaba llena de chamarras y zapatos. Había un niño que se llamaba Lalo y una niña que se llamaba Verónica. Había un tocadiscos y una mesa llena de discos. De repente, sonaron muchos niños y niñas, cantando todo el abecé, turnándose entre español e inglés, en una canción de alegría.

—Jirafa con J —dijo Brenda.

—Pingüino con P —dijo Ángel.

Había un calendario que marcaba los días y un reloj redondo que marcaba todos los segundos. Había otro niño que se llamaba José y otra niña que se llamaba Cristina. La capa de los sonidos era de puro encanto, regocijo y alegría. Todas las voces precarias y las risas espontáneas se sumaban a la voz de la señora Benavides, a los movimientos y a los ecos del día.

Aunque no lo sabía entonces, esos treinta y tantos niños y niñas del salón iban a ser mis amigos y amigas de niñez y de vida. Pero ese día era de puro asombro y descubrimiento. Yo era como una partícula efímera, ocupando mi espacio, recibiendo todas las entradas del entorno. No sabía cómo o cuándo iban a pasar las cosas, pero pronto iba a aprenderlo todo. Llegó la hora de jugar, la hora de comer, la hora de la siesta. Todas estas transiciones fueron dirigidas por las campanas.

A las 3:30 sonó la última campana que dio inicio a la despedida. Juntamos todas nuestras cosas y nos dirigimos a la puerta. Para cuando yo salí, ya había llegado Victoria de su salón y me estaba esperando para regresar a la casa.

Con los días, empezamos a adoptar nuestro ritmo escolar. También empecé a acostumbrarme al salón y al proceso. Me percaté por primera vez del mundo que nos rodeaba. Era normal que hubiera un puente y un río. Era normal que se hablara de la frontera y de los dos lados. Era normal que los niños y niñas del kínder, e incluso las maestras, fuéramos multinacionales y multilingües. Nuestras vidas y la sociedad eran no binarios.

¡Esto era nuestra fuerza y diversidad!

Ostensiblemente, todo quería tenderse al inglés, pero en el kínder no había reglas o explicaciones. Algunos niños hablaban inglés. Otros, español. Otros hablaban algo de los dos. Era una sociedad bilingüe. Así eran las cosas. La señora Benavides sabía cómo recibir a toda esa realidad, que a veces parecía borrosa, desordenada o aleatoria y cómo convertirla para el bien de todos. En el salón, ella ejercía lo que era su obra de vida. Cruzaba todos los días para estar con nosotros y darnos su enseñanza. Se extendía como el puente, para recibir a los niños y niñas de ambos lados, para unirnos y darnos a cada uno esa transición que necesitábamos para llegar al primer grado; que era allá, al otro lado del campo, en el edificio principal, donde nos esperaba a todos la sister Kathleen, que era muy exigente y siempre iba a querer a todos bien preparados para recibir su enseñanza en inglés.

Hubo un solo día en que la señora Benavides llegó tarde a la clase.

—Mira nomás esa cola —exclamó Victoria, saliendo de la casa esa mañana.

Siempre había cola, pero nunca tanta como ese día. Toda la Matamoros, la Xicoténcatl, la Morelos y la Zaragoza estaban atascadas con autos que no se movían. Nada de esto nos impidió a Victoria y a mí avanzar a la escuela. Simplemente, le seguimos dando a pie. Cuando llegamos al puente, notamos que lo habían cerrado para todo el tráfico vehicular. El puente estaba vacío de autos, aunque todo el movimiento de peatones seguía normal. Cruzamos libremente a pie y unos minutos después llegamos a la escuela. Abrí la puerta del salón, dando luz a lo que era un caos total. Faltaba la señora Benavides. También faltaban algunos niños y niñas que se habían quedado en el tráfico. Entre los que sí estaban era una locura desbordante.

Por un lado, había un montón de niños peleándose con las almohadas y envolviéndose en las cobijas, en el espacio reservado para la siesta. Más allá, Laura y Francisca se habían puesto a dibujar calaveras con corbatas de moño, gorras y flores en el pizarrón. Marco se sacó un moco con el dedo y se lo secó en la camisa de Alonso. Andrés se quitó los calcetines y puso lo que él llamaba "los pies más lindos" encima de la mesa.

Verónica y Cristina ya se habían enfadado con todo.

—Ya siéntense todos o le vamos a decir a la directora —dijeron, pero nadie les hizo caso.

Alonso se echó encima de Marco para vengarse del moco. Más allá, Joaquín se bajó los pantalones enfrente de sus compañeros cercanos. Recuerdo muy bien cómo todos reaccionaron con una mezcla de risa y espanto. José le apuntó con el dedo índice y se quedó atacado de risa. No todos. También había los que permanecieron sentados. Ulrike y Luz en una mesa. Norma, Tacho y yo en otra mesa. Sarita en la otra y Lily en la otra.

Dentro de todo el escándalo, Pablo y Clementina encontraron un rinconcito apartado del caos en donde lograron darse el primer besito, enamorándose por completo. Ya querían casarse. Aunque todavía no sabían qué hacer con toda esa emoción, que se tendría que guardar para otro día. Estaban por darse el segundo besito, cuando llegó la ola de silencio que marcó el fin del caos.

Había un cambio en la luz y todas las sombras se hicieron a un lado, abrumados por el brillo y resplandor de la directora Smith. Allí apareció en toda su grandeza, con una regla para saldar la cuenta y restablecer el orden. Detrás de ella estaban Verónica y Cristina.

Cada niño y niña que no estaba en su silla se iba a quedar hasta las 5:30 esa tarde para limpiar el salón. Tampoco podía ignorar el hecho de que Alonso estaba sentado sobre Marco, no obstante que el moco permanecía en su camisa. Alonso jamás era soplón, él siempre prefirió llevarse toda la culpa que quejarse del otro. La directora Smith le dio tres veces en una mano y dos veces en la otra con la regla, estableciendo orden de inmediato. Pareció darnos más miedo a los demás que a Alonso. Él simplemente recibió el castigo como merecido y regresó a su silla. Nunca volví a ver semejante cosa repetirse. Un rato después sabía que había vuelto el movimiento de carros en el puente, cuando la señora Benavides y los otros niños restantes llegaron a la clase.

—Era una locura sin la señora Benavides —le comenté a Victoria esa tarde mientras íbamos a casa—. Joaquín se bajó los pantalones y Marco se metió en una bronca con Alonso. Tuvo que llegar la directora.

—Ja, ja, ja. Lo mismo pasa en mi salón cuando sale la madre Antonia. ¡Algunos se ponen bien locos!

No había más que decir sobre el asunto ni motivo para sentirme decepcionado. Solamente nos echamos a reír.

Empecé a fijarme en todo el movimiento que había entre la escuela y el puente. Solían ser grupos de 2 a 3 niños, a veces más, a veces menos, que poco a poco se iban separando a lo largo del camino. Ya dentro de Piedras Negras se esparcían por todos lados. Algunos le daban a la derecha, hacia Mundo Nuevo. Otros le daban a la izquierda, hacia el Centro Histórico. Había algunos que vivían cerca de nosotros. Siempre me llamaron la atención las dos niñas de la calle Terán, que parecían ser un año mayores que yo. Eran casi nuestras vecinas.

Cómo era la casa

La casa de los abuelos estaba en la esquina de las calles Xicoténcatl y Matamoros. Pertenecía a la familia desde hacía ya muchas décadas. No era cualquier casa, sino una casa con historia.

—Cuando yo nací ya estábamos allí —decía la tía Viviana—, pero desde cuándo, no te puedo decir.

Era una casa de 4 generaciones. Allí había vivido la bisabuela por muchas décadas, hasta que se acostó en la recámara por última vez para empezar la siguiente etapa de su existencia. Allí crecieron todos los incontables tíos y tías, primos y primas. Allí crecimos Ileana y Antonio, Victoria y yo. Allí estuvimos todos, como individuos y en conjunto, flotando entre el libre albedrío y el azar. Allí dormíamos, comíamos. Éramos. A veces éramos más, otras veces éramos menos. Los abuelos y la casa siempre nos tuvieron igual, envueltos en la seguridad de su amor.

La casa de los abuelos era de ladrillo. De la calle Xicoténcatl uno subía dos escalones para entrar al patio rectangular que era de concreto. Había un muro de bloques que permitía a uno tomar el aire libre y mirar toda la calle. Había un sendero de tierra detrás de la casa que daba al jardín trasero. También había una alambrera y una puerta de madera que casi siempre estaba abierta, para entrar a la casa y la sala. Entrando a la casa de frente, la sala de pronto se abría al comedor. Había una mesa grande y rectangular, rodeada por muchas sillas. Era la mesa comunal en donde comíamos todos. También era donde el abuelo escribía a máquina todos los días.

Aún más allá, estaba la cocina que radiaba toda la alegría de la abuela, su enorme sonrisa y los sabores de todas las delicias que hacía con tanto amor, esmero y felicidad. Guisados, sopas, frijoles, filetes, salsas, tortillas, huevos… De todo. Siempre había un jarro o una cazuela hirviendo a fuego lento en la estufa, una tortilla calentándose en el comal para el siguiente taco, un café de olla para disfrutar a la merienda con un pastel.

El otro lado del comedor se abría a la recámara de muchas camas. Era una encrucijada que contaba con tres puertas, cuatro camas y tres armarios. Esta recámara corría paralela a la banqueta y la calle Matamoros, que llegaba directamente al puente internacional. Solía llenarse de camionetas y coches que hacían fila para cruzar, de peatones y vendedores ambulantes con un horario fijo, pero toda esa congestión estaba de manera segura, apartada de la recámara por las capas de ladrillo y pared que delineaban los espacios y que le daban su propia autonomía interna. Siguiendo la encrucijada a la derecha, estaba la recámara de los abuelos. Contaba con una cama, dos mecedoras y dos muebles. Encima de los muebles había un espejo, un teléfono, unos joyeros antiguos que eran de la bisabuela, más adornos y fotos. En la pared, sobre la cama de los abuelos, colgaba un marco enorme que contenía una réplica precisa y fiel de la imagen de la Virgen de Guadalupe.

Las ventanas de la recámara de los abuelos se abrían hacia el jardín trasero. Era un amplio terreno entre las casas adyacentes, encerrado por una cerca de madera. Contaba con varios laureles que brindaban leyenda y sombra. Allí llegaban los niños todos los días a correr, a jugar, a columpiarse.

Desde adentro, no había privacidad en la recámara de muchas camas. Como la encrucijada, era el pasillo entre los otros cuartos, el baño y más allá. Los que dormían allí siempre tuvieron que esperar hasta que todos los demás se hubieran acostado para por fin rendirse a la cama. No obstante, todos nos habíamos acostumbrado desde jóvenes a desvelarnos. A las 3 de la mañana había menos tráfico, menos ruido y hacía menos calor. Aun en días de escuela, simplemente no era una casa que se iba a dormir temprano. Solamente, en mi caso, el 24 de diciembre.

En la mera esquina de la casa estaba la recámara de más camas. Si la casa fuera un laberinto, esta recámara sería el centro. No el centro literal, sino el lugar más adentro de toda la casa, más lejos de la salida. Aquí sí había privacidad. Contaba con una cama grande para dos personas, otra cama pegada a la pared que corría paralela a la banqueta y a la calle Xicoténcatl y una cuna. También había una estantería llena de libros y una casa de muñecas. Entre esta recámara y la encrucijada estaban otros armarios y el baño, ligados por un vestuario que era un espacio obscuro y fresco, que jamás recibía los rayos directos del sol, con un portal que daba al ático.

Yo me había acostumbrado a dormir en todas las recámaras, dependiendo cuántos y quiénes éramos. El lugar no importaba. Siempre llevaba mi cobija de algodón conmigo y dormía bien.

En el comedor había una enciclopedia atesorada por la familia que era todo un misterio. Era otra parte del andamio de la casa, entraba en toda su historia.

—La enciclopedia siempre ha estado allí —decía Victoria—, pero desde cuándo, no te puedo decir.

Había marcos con retratos y fotos por todos lados, en las paredes y en todas las superficies. Fotos de todos los familiares conocidos y desconocidos. Había el reloj en el comedor y el calendario mexicano en la cocina que contaba todas las fases lunares, el santo del día, leyendas y chistes regionales.

A todo esto se sumaban las obras de arte de Victoria, que ella iba fijando en todos lados. Acuarelas de manzanas, aves, manchas de plasma goteando de un arcoíris. Una burbuja al fondo del mar que contenía todos los astros del sistema solar. Un sol que desprendía rayos amarillos y rosas, ante un escenario de helados y pasteles. Un retrato familiar de los gusanos Ana, Ava y Guna. Todas estas obras solían irse y llegar como los astros o los ecos del río, ocupando un tiempo algo más efímero que eterno.

Después del almuerzo, el abuelo solía sentarse todas las tardes a escribir. Allí tenía su máquina, que era una Olivetti de los 60, muchos rollos de papel, el carbón para sacarle una copia, el teléfono y la enciclopedia. A su lado tenía los diarios. El *Zócalo* de Piedras Negras y *El Norte* de Monterrey. Ese era su dominio. Él era periodista para el *Zócalo* y siempre estaba tecleando las últimas noticias de todas las cosas que habían sucedido en la región. Además, le gustaba mucho el béisbol. Era gran aficionado de los Yankees de Nueva York, siguiéndolos de lejos desde que era niño.

El abuelo era soñador y me llevaba a contemplar los paisajes más allá de la frontera.

—Toma esa concha y oye los sonidos de su interior —me dijo una tarde—, pueden escucharse todos los ecos y las olas del Golfo.

—¿El Golfo de México? —le pregunté.

—No, el Golfo de California.

Fui a la esquina del comedor donde había una concha de molusco, que era del mismo tamaño que mi cabeza. La tomé con las dos manos y me la subí a la cabeza, tratando de percibir los sonidos. Sí, se oía diferente. Así estuve por un rato, girando la concha para alinear mejor el hueco espiral con mis oídos, mientras el abuelo seguía tecleando con su máquina.

Así es como lo veía todos los días cuando llegábamos de la escuela. Sentado y escribiendo. Lo primero que hacía siempre era llegar con él y con la abuela para saludarlos y darles un beso en la mejilla. Después iba al refri por unas tajadas de queso o a los gabinetes por los Milky Way, me abría una botella de Sprite o una lata de Jumex y me sentaba a hacer lo que tocaba: la tarea, el piano o un ajedrez.

El discurrir del tiempo en la casa de los abuelos estaba regido por la intemperie, los sonidos, los movimientos. La puerta al patio que rechinaba cuando alguien llegaba o salía. Los mofles de los camiones y camionetas que pasaban de día y de noche. El calor y la sed. El asentar del polvo. El abanico giratorio que se iba, llegaba a soplar y se iba, llegaba a soplar y se iba. Los papeles fijos por un peso de Morelos que querían volar con el aleteo de una mariposa. La prima Ileana que se sentaba a hacer su tarea de mate. Las ecuaciones logarítmicas. El frío. Los helados y los tamales que se vendían en la calle. El llegar corriendo del primo Antonio con una miniatura de Luke Skywalker. La historia de México atestiguada por la casa de los abuelos, por los antepasados y el más allá.

Hipitayoyo

En aquel entonces, se marcaban cinco dígitos para hacer una llamada local en Piedras Negras. Antes eran menos. Pero entonces ya eran cinco. El primer dígito siempre era el 2. El número de los abuelos era 21328.

Ellos tenían dos teléfonos de disco en su casa. Uno tenía que meter el dedo en el agujero correspondiente al número que quería marcar, girar hasta dar con el límite de la rueda y soltar el disco. Marcar el 1 y el 2 era rápido, pero marcar un 9 o un 0 era mucho más lento. Solía llegar Ileana conmigo a hacer llamadas. Siempre lo hacíamos en la tarde, cuando los abuelos estaban ocupados. Íbamos a la recámara de los abuelos donde nadie nos escuchaba y cerrábamos la puerta. Entonces, ella le marcaba a una de sus amigas.

—¿Bueno?

—Disculpe, buenas tardes —hablaba Ileana muy educada y cortés—, ¿se encuentra Claudia?

—Enseguida.

Esperábamos juntos con ansiedad hasta escuchar que contestara su amiga.

—Hola —decía la voz de una niña.

Entonces me pasaba el teléfono de volada.

—Hi-pi-taaaaaa-yooooo-yooooo… Hi-pi-taaaaaa-yooooo-yooooo… —desprendí sin remedio, exactamente como lo habíamos ensayado miles de veces.

—Ja, ja, ja —se rio Claudia, al darse cuenta de que era la misma broma que le estaba tocando a todas las amigas de la escuela.

Eran días de inocencia. Días de amor, de felicidad y de paz.

En aquel entonces, la misma llamada, pero del otro lado de la frontera hubiera requerido 13 dígitos, 01152878, más los cinco dígitos empezando con el 2, más los gastos de la llamada internacional.

Cómo eran las cosas

Eagle Pass y Piedras Negras están divididas por el Río Bravo. Es el reloj proveniente de la naturaleza, que nace en las Montañas de San Juan de Colorado y termina en el

Golfo de México, que rige el ciclo y el andar de todo. La naturaleza desconoce la frontera como divisor, sino que todo se integra y se relaciona a su tiempo. Las aves. Las nubes y las lluvias. El hielo. Los vientos y el polvo. Las olas sonoras que portan las voces del pasado y todos los cantos de alegría. En tiempos pasados, las personas también se sumaban a este ideal, integrándose y relacionándose con el río.

El primer puente fue construido a finales del siglo 19. La inventiva, la lógica y la capacidad de las personas y la mano de obra se empeñaron en unir ambos lados y facilitar los movimientos y la circulación.

En mis tiempos, había un puente para peatones y vehículos y otro puente ferrocarrilero, que funcionaban bien y mitigaban el sentido de que la frontera fuera un impermeable o divisor. Al contrario, toda el área se sentía unida y todo funcionaba como debía. La gente se conocía, se ayudaban, se consideraban vecinos, amigos y familia. Así, la frontera adquirió una cultura que trascendía las aportaciones de dos naciones y que se comportaba como mucho más que la mera suma de dos ciudades, delineadas por una línea divisoria infranqueable, que no lo era. Sí había un proceso, sí había consciencia de patria y nación, pero todo eso se manifestaba con respeto y dignidad.

Eagle Pass fue fundado alrededor del Fort Duncan. Piedras Negras, originalmente la Villa de Piedras Negras, después fue conocida como Ciudad Porfirio Díaz. Ambos han coexistido desde mediados del siglo 19. En mis tiempos ya eran mucho más que el rancho de antes, pero todavía lejos de ser una metrópoli. No obstante, sí tenían su propia autonomía, un centro urbano, y una cultura vibrante.

Saliendo por la carretera 57 hacia el norte o el sur, o por la ruta estadounidense 277, uno sentía luego luego la desolación de una tierra plana, árida, semidesértica, que contaba con pocos pueblos pequeños a su alrededor. A poca distancia quedaban Nava, Allende, El Indio y Quemado, que son muy pequeños. Un poco más allá estaban Ciudad Acuña y Del Río, Uvalde, Crystal City, Carrizo Springs… Pero todas las ciudades grandes quedaban a más de dos horas en carro. Eran Nuevo Laredo y Laredo, San Antonio y Monclova. Aún más allá estaban Monterrey y Saltillo, Austin, Houston, Corpus Christi y el Golfo de México.

Aislados por estas distancias, Eagle Pass y Piedras Negras llegaron a desarrollar su propia cultura e historia, abarcando patrimonio indígena, mexicano y estadounidense. Costumbre, idioma, comida, canto y el ritmo cotidiano eran los rasgos culturales que definían la región. Si la frontera internacional fuera infinitamente delgada pasaría por el centro del río. En la orilla del río, en las riberas turbias y un poco tierra adentro hacia Estados Unidos se ubicaba entonces la reserva del pueblo Kikapú, que ya se veía empujado hasta el margen del territorio por doctrina estadounidense y que pronto se tendría que consolidar en el norte de México. Un poco más arriba del río se encuentra la primera calle transitada por el público, Commercial Street. Cruzando esa calle está la escuela de Victoria y mía: Nuestra Señora del Refugio. Estamos hablando del venerable Paso del Águila: Eagle Pass, TX.

Éramos una familia de andariegos. Desde el inicio nos habíamos adueñado de toda la frontera caminando.

Un día íbamos cruzando el puente cuando Victoria me contó una historia de La niña. Ella era del pasado y había tanta, tanta cosa que se contaba sobre ella. Había crecido en la casa de los abuelos y con el tiempo pasó a convertirse en una leyenda desbordante de misterio para la familia, una figura entrometida, desmesurada a la vez, de buenas intenciones, espíritu viajero, dedicada a los afanes elusivos, al amor y a la paz.

Ya de jovencita en su tiempo, había una vez que se le cayeron los anteojos en el río. Ella iba regresando a la casa de los abuelos desde la Eagle Pass High School con sus amigas. Llevaba todos los libros en los brazos y de seguro iban atacadas de risa por un escándalo que había brotado en la escuela. De repente, llegó un viento feroz del este. Los anteojos cayeron sin remedio en el Río Bravo, donde se los llevó la corriente.

La niña llegó a la casa donde la estaba esperando una carta de un joven con quien se había enamorado, un tal Jorge, pero no la pudo leer sin los anteojos. Se dice que se enojó tanto por su mala fortuna que fue directamente a la central de autobuses, sin poder ver nada, para llegar con su Jorge. No regresó hasta mucho tiempo después.

Desde ese día, ha habido una pesadilla recurrente que le ha tocado a todos en la casa de los abuelos. Siempre se trata de un pez espinoso o una barracuda, persiguiendo al soñador hasta el fondo del agua con los anteojos negros de plástico de La niña. Aplastado por el peso del agua, el soñador se vuelve ciego. Solamente quedan las espinas y la oscuridad.

—Necesitas tener cuidado cruzando el puente —me advirtió Victoria—, que no se te vaya a caer nada.

—¿De qué lado se le cayeron? —le pregunté unos minutos después, pensando en el destino de los anteojos.

—La frontera es gruesa —aclaró Victoria—, no tiene sentido distinguir el lado… Estamos adentro.

El conocimiento de la abuela

La abuela siempre tenía todo en orden. Desde que yo era niño y empecé a percibir realmente cómo eran las cosas ella daba una fuerte impresión, sobre todo por la manera en que gestionaba todo lo que tenía que ver con casa, familia y comunidad, como si fuera algo que hubiera hecho desde siempre.

La abuela solía decir: "De músico, poeta y loco, todos tenemos un poco". Y es que sí. Ella estaba dotada de una sabiduría enorme.

La abuela tocaba piano desde que era muy joven, pero su habilidad tenía un destino diez veces más potente. Le pasó todo su conocimiento a la tía Viviana cuando ella era una niña chica, reconociendo su talento e inspirándola a perseguir el camino musical. Ella emprendió lo que llegó a ser su obra de vida, convirtiéndose en una verdadera maestra. Daba lecciones, tocaba para las escuelas y las iglesias, daba conciertos ejemplares de todos los valses de Chopin, un vals amoroso de Berger, *Scherzo en mi menor* de Mendelssohn, *México Bello* de Miguel Lerdo de Tejada. Lo que ella sabía en turno se dividió entre todos nosotros. Ninguno se iba a acercar al nivel de la tía Viviana, pero todos pasamos por sus lecciones y todos sabíamos un poco de piano gracias a sus enseñanzas.

La abuela también era maestra de baile. Se encargaba de presentar cuatro fiestas al año en el Colegio México. Hacía toda la coreografía y se la enseñaba a las veinte niñas que tomaban *ballet*. Las fiestas eran bailes internacionales de tradición: flamenco, bailes rusos, bailes húngaros y bailes japoneses. También había, por supuesto, folclóricos y regionales de todo México. Ella diseñaba todos los trajes y contrataba a la costurera para que los hiciera conforme a su diseño para las niñas. Se encargaba de conseguir el salón donde ensayaban y el de las fiestas, asegurándose de que todo estuviera en orden. Era un trabajo de tiempo completo durante todos los años escolares y lo hacía gratis para el Colegio México.

Ella lo hacía todo y a todo mundo le encantaban las fiestas. En sus palabras: "Obras son amores y no falsas razones". Así de dedicada era en todo lo que hacía. El conocimiento de la abuela parecía ser sin límite. Para todo había un proceso, una receta, un dicho o un conocimiento secreto y fiable que le había pasado su mamá, siempre en fidelidad a sus antepasadas lejanas, constatado por su perdurabilidad a través de todos los años y la enorme cadena de sabiduría heredada. Todo este conocimiento se actualizaba en vivo acorde a lo que veía, a lo que le contaban y a lo que ella experimentaba al margen del río y el vaivén.

Para procurar todo lo que ella necesitaba para la cocina siempre estaba al tanto de las cosas. La carnicería enfrente de la casa. La farmacia en la esquina. La panadería en la calle Zaragoza. La frutería en donde iba a comprar papayas, melones, sandías, ciruelas, aguacates, tomates y chiles. Los huevos que se compraban directamente del señor que venía del rancho. La limonada que hacía en casa. La leche fresca del rancho que le compraba al señor Marcelo. Ella le compraba 5 litros cada día y hervía toda la leche 3 veces para pasteurizarla. Las botellas de Coca-Cola, Sprite y Fanta que fueron entregadas todos los días, siempre reciclando las botellas vacías para recibir las nuevas. La señora Chelo, quien hacía las tortillas de maíz y la abuela, quien las hacía de harina en casa. El *white bread*, el jamón, el queso americano, el pollo, hasta el árbol de Navidad, todo esto lo conseguían cruzando el puente y llegando con los Rodríguez en Main Street. Todo lo consiguieron a pie y entre todos se lo llevaron a la casa, cruzando el puente, cargados de los bultos y el pino.

Todo se compraba fresco todos los días y toda esa gente era como familia.

Su mamá, la bisabuela, era una persona muy educada, llena de sabiduría. Ella le pasó todo el conocimiento que había heredado a la abuela. No solamente se trataba de la cocina. La abuela solía decir: "El que mal anda mal acaba". Para todo lo demás, había una receta o medicina para curar los males transitorios que llegarían a pegar en la casa, a un familiar o a un amigo. La leche caliente con miel y una rebanada de mantequilla para la tos. O te embarraban con el Vicks. El tequila con limón para la garganta, incluso para los niños. Té de manzanilla para el estómago. Los pelos de elote como antioxidante y para prevenir gran variedad de males. La cerveza y el charquito de brandy que se tomaba todos los días. El Ativan para acabar con el insomnio, este lo conseguían allí en la farmacia de la esquina. La leche tibia para los niños, para arrullar el sueño. El Alka-Seltzer para el reflujo. El tuétano en una tortilla de maíz, porque así se hacían las cosas.

La bisabuela siempre estuvo con los abuelos, desde que se casaron. Desde que llegaron a la casa de los abuelos ella había dormido en la recámara de más camas. La abuela era su única hija y las dos se adoraban. Se pasaban todo el tiempo juntas, en las buenas y en las malas. Entre las dos armaron la sabiduría y la valentía para sobrepasar la muerte del bisabuelo y construirse la vida.

La muerte de la bisabuela le pegó muy fuerte a la abuela. Esto pasó muchos años antes de que naciéramos, en los tiempos de La niña. Apenas se habían recuperado de la inundación que devastó a todo Piedras Negras cuando llegó el golpe de su muerte. La abuela siempre decía: "Al mal paso darle prisa". De todas las prisas que le tocó dar a la abuela esta era la más lenta y la más dura. Por un año se vistió de negro, todos los días. Y no salía, para nada. En el segundo año, empezó a usar vestidos de blanco y negro, pero seguía guardándose para sanar y encontrarse desde las profundidades del luto. Como ella decía: "Roma no se hizo en un día". Ahora lo que más necesitaba era tiempo.

Ya para el tercer año estaba lista para retomar los colores y su vida. El luto y su dolor terminaron de manifestarse como antes, deviniendo en los apacibles sentimientos de amor y de paz que siempre llevaría consigo. Retomó su vida y volvió a dedicarse a sus obras y enseñanzas.

En algún tiempo, nos dimos cuenta de que la abuela se sabía muchas de las historias antiguas de la familia, que dieron cierto sentido a cómo llegamos a estar ahí. Pero no se las sabía todas. Eran como vistazos que iluminaron una gran parte del pasado, sin contarlo todo.

En tiempos de frío nos sentábamos con ella en la sala, ya de noche, todos acurrucados en el sofá modular con las cobijas y los cojines, y unas velas encendidas en el rincón. Allí le pedimos que nos contara las leyendas del pasado, de familiares lejanos, de los bisabuelos y del más allá. No importaba la hora, siempre había tiempo para una historia más.

—¡Por favor, cuéntanos otra historia abuela! —le decíamos.

Siempre estuvimos Ileana, Antonio, Victoria y yo. También coincidieron todos los otros primos y primas, tíos y tías y familiares lejanos que llegaron a estar con nosotros. Así, los abuelos nos criaron a todos, apoyando a su familia y amigos con una fidelidad impecable. Sobre todo, eran felices y siempre querían hacer lo mejor posible para su familia y su comunidad.

Todo lo que ellos hacían tenía tanto sentido, conforme a su tiempo. Agradecidamente, no iban a ser engañados por el vaivén, por los malos pasos de sus familiares que resaltaran otro día o por los fracasos que vendrán a luz más allá de su tiempo.

Al menos, todavía no.

2 – Un poco de historia

Los bisabuelos y la Revolución

Los bisabuelos Trinidad y Jesús se casaron en 1897 en Ciudad Porfirio Díaz, el apodo anterior de la mismísima ciudad. Unos años después, la larga etapa de la dictadura que había perdurado más de tres décadas por fin empezó a cansarse. A través de todo ese tiempo, se habían sembrado las fuerzas que iban a llegar a corregir las injusticias que sufrieron la población indígena y la clase trabajadora.

Con el fin del Porfiriato, la ciudad retomó su nombre original: Piedras Negras.

El detonante decisivo en aquel tiempo fue el asesinato de Francisco I. Madero y Pino Suárez el 22 de febrero de 1913, a manos de Victoriano Huerta. Era la Decena Trágica. Enseguida, se instaló como presidente en un golpe de estado, desatando toda esa furia que se consolidó en los distintos movimientos, villista, zapatista y carrancista, que eran la primera ola de la Revolución.

Muchas familias huyeron a Estados Unidos, instalándose en los territorios que antes pertenecieron a México y cuyas raíces, historias, paisajes e indigenismo aún eran compartidos.

Los bisabuelos se quedaron firmes en su hogar. Vivían en la calle Zaragoza, a solamente seis cuadras de la calle Xicoténcatl y la casa de los abuelos, que aún nos esperaba con los columpios y el piano en el porvenir. Pero este era otro tiempo. La Revolución estaba pegando con todo. Solían llegar los soldados a tocar a las casas, buscando a los declarados enemigos políticos y a todos aquellos que se habían opuesto a su afán, buscando a quien se necesitara tomar preso o fusilar.

El bisabuelo era astuto y no se la jugaba. Sabía quiénes llegaban a tocar su puerta y siempre mostraba el apoyo indicado para las circunstancias, aclarando sencillamente: "Nosotros somos porfiristas" o "nosotros somos carrancistas". Como no se trataba de ellos, nunca levantaron ninguna sospecha y los soldados siempre se iban sin hacerles nada. Y nunca llegaron a saber que justo adentro de la casa los bisabuelos habían ocultado al obispo de Saltillo, Jesús María Echavarría y Aguirre.

El obispo iba con frecuencia a Piedras Negras, porque la ciudad quedaba dentro de la diócesis de Saltillo. Iba a dar misas clandestinas y a hacer confirmaciones en las casas. Además, era amigo de los bisabuelos y siempre se había quedado con ellos cuando iba a la frontera.

La casa era un espacio físico con su propia autonomía que brindaba sombra y seguridad, un lugar donde uno se podía refugiar durante las peores amenazas del tiempo. También había esa parte familiar, apartada de los títulos y las expectativas que regían el comportamiento del obispo en la esfera pública. En la casa, era pura convivencia con los bisabuelos.

Cada vez que los soldados se retiraban y las olas del peligro se habían replegado, como la marea que baja, solamente para subirse en otras partes y siempre con la promesa de volver, ellos llenaron los vacíos del tiempo con la misma y sencilla amabilidad de siempre. Comiendo, durmiendo, midiendo el comportamiento del vaivén, contándose historias lejanas hasta la madrugada.

Después llegó una noche gris y neblinosa en la que repentinamente se abrió el portal fugaz. Aprovechando la oportunidad antes de que se cerrara, los bisabuelos lo acompañaron hasta dónde pudieron con su veliz, viéndolo iniciar el camino por delante, donde se esfumó en la distancia.

El obispo tuvo que partir al exilio en distintas ocasiones, debido a la Revolución y a la Guerra de los Cristeros, pasando muchos años en el extranjero. Al final de todo pudo regresar con seguridad a Coahuila para vivir todos sus años restantes. Dentro de ese espacio regresó con los bisabuelos para agradecerles su ayuda y amistad. Y luego les hizo llegar la imagen de la Virgen de Guadalupe, que lleva la dedicatoria de su origen:

Hago constatar que esta es la primera reproducción a colores, tomada directamente de la original imagen de Nuestra Señora de Guadalupe, editada por la Basílica como recuerdo del IV Centenario de las apariciones. Doy fe. Feliciano Cortés, Abad de la Basílica. 1531-1931.

Los bisabuelos recibieron la imagen en su casa de la calle Zaragoza, ligando la historia universal a nuestra familia y a la casa de los abuelos. La preciosa imagen era en fidelidad a las apariciones en el cerro del Tepeyac y era la primera entronada en Piedras Negras.

Su próximo destino era nada menos que la recámara de los abuelos.

La inundación y el tío Panchito

A veces, sucede algo tan profundo e impactante que se instala en la memoria colectiva y que al mismo tiempo da luz a una multitud de historias diversas y destinos desviados por las fuerzas superiores, que necesita ser contado por cada ser que lo vivió.

Era junio de 1954. Entonces, La niña tenía dos años.

Quizás había alguna señal de la naturaleza, algún agüero proveniente del más allá, apartado de las calles de Piedras Negras, donde el peligro se acercaba sin remedio, acorde a su reloj. Para los nigropetenses, tenía que constatar el sencillo hecho de que el nivel del agua súbitamente empezó a subir, como lo atestiguaron las personas al margen del río en aquel entonces. Siempre había subido hasta cierto punto, pero esto era otro nivel que jamás se había visto.

Para entonces, les quedaba muy poco tiempo.

Llegaron las autoridades en carros de altavoz, pasándose por todo el centro y rogándole a la gente que se salieran de sus casas.

—Sálganse, viene mucha agua —decía la voz.

Pero la gente no hacía caso. Como ya había subido el agua en otras ocasiones y no pasaba nada, no se iban a molestar por las advertencias que se seguían escuchando durante el día. Mientras, el trastorno de la calle y el rugir del río resonaban cada vez más fuerte dentro de la casa, hasta que se iba instalando una inquietud penetrante que ya no podían ignorar. Entonces, el abuelo salió personalmente para indagar, caminó con mucha prisa al puente y se dio cuenta de que el agua venía con una potencia once veces más fuerte de lo que jamás había visto.

Regresó muy apresurado a la casa, estremecido por lo que atestiguó, su corazón latiendo frenético. Le advirtió a toda la familia que se tenían que ir tan pronto fuera posible. De volada empezaron a echar alguna ropa y lo más esencial en los velices, salvo la bisabuela, quien no quería salirse.

—Cuando el río suena, agua lleva —advirtió la abuela.

—No, yo no me voy —dijo la bisabuela—, yo me quedo aquí.

La abuela no quería dejarla, pero tampoco pudo quedarse en la casa. Como decía el abuelo, el agua venía para desprender toda su furia. Quedarse no era buena opción. Pero la bisabuela se rehusó a salir.

Los demás salieron de la casa, sin ella. Se fueron por la Xicoténcatl y la Terán, hasta la calle Morelos, donde llegaron a la casa de Panchito. Era el tío y el tocayo del abuelo. Su casa era muy grande, de dos pisos que eran casi tres con el ático. El agua ya les estaba llegando hasta los tobillos y seguía viniendo, pero llegaron bien. No obstante, la abuela seguía mortificada por haber dejado a su mamá. Mientras, la bisabuela seguía escuchando a los altavoces, vio que las cosas se estaban poniendo muy feas y entonces sí le entró el miedo. Fue a juntar todas las joyas, reliquias y monedas de plata, pesos y reales, que habían estado en su familia ya por mucho tiempo. Envolvió todo muy bien en una manta y luego en una bolsa. Había logrado ocultar todo durante la Revolución y la Guerra de los Cristeros. Con la misma perspicacia y utilizando todas las tácticas que había aprendido durante aquellas épocas, tomó una escalera y se subió al ático, a donde nadie más solía ir, porque no era adecuado para las personas. Se subió y enterró la bolsa entre unas capas de ladrillo y madera. Constatando que todo quedara bien guardado, bajó con mucho cuidado, cerrando el portal, esparciendo todas sus huellas y los polvos.

Esa noche les habló.

—Bueno, vengan por mí.

La sentaron en la cuna de La niña y entre seis soldados se la llevaron a la casa del tío Panchito. El agua ya les llegaba hasta las rodillas a los soldados y seguía subiendo y subiendo. Algunas personas se estaban saliendo a caballo y había transeúntes por todos lados vadeando las calles, ayudándose entre sí, buscando a dónde irse.

Por fin, todos se instalaron en el segundo piso de la casa del tío Panchito, donde no había más que hacer más que esperar. Para medir el nivel del agua ponían una moneda en un escalón hasta que el agua la tapaba. Entonces ponían otra moneda en el siguiente escalón… y de nuevo en el de más arriba. El agua seguía subiendo y a cada moneda venía y la tapaba, la tapaba, la tapaba…

De todos los que se refugiaron allí: familiares, vecinos, amigos, personas de la calle, solamente la bisabuela, una mujer de gran fortaleza, y La niña lograron dormir esa noche. Los demás se quedaron espantados por el agua, no sabiendo hasta dónde iba a subir, y por los alaridos que se escuchaban por todos lados. Había mucha gente asustada pidiendo auxilio, pero ya no había entrada o salida de la casa. Ya no se podía hacer nada. Solamente escuchar los llamados que se esfumaron en la oscuridad.

No fue hasta la siguiente tarde que por fin empezó a bajar el agua.

Entonces las autoridades temieron que todas las fincas se hubieran dañado y que pudiera haber derrumbes. Salieron de nuevo en carros de altavoz, rogándole otra vez a la gente que se fueran.

—Sálganse de las casas, todos sálganse…

Salieron de la casa del tío Panchito y empezaron a caminar. Se fueron a pie por la Allende y la avenida Carranza, pasaron por el puente del Río Escondido hasta que por fin llegaron a La Villita, ya de noche, donde tuvieron que dormir en la intemperie. Hacía un frío muy fuerte para la temporada y así se pasaron tres días y noches alentándose entre toda la gente que estaba allí. Por fin, tuvieron la suerte de conseguir asientos en un autobús a Monterrey, que tomaron para llegar con el tío Carlos, donde fueron muy bien recibidos por la familia neoleonesa. Allí se quedaron con ellos por varios meses, mientras arreglaban la casa.

El abuelo iba seguido para supervisar el trabajo. Tuvieron que sacar un montón de lodo, arreglar todo lo que se había dañado, reemplazar lo que habían perdido y limpiar todo muy bien. Vio cómo la inundación había impactado a todo Piedras Negras. Mucha gente había sido desplazada y perdieron todo lo que tenían. Muchas casas del centro y de las colonias cercanas quedaron totalmente destruidas. Era aplastante y devastador. Al mismo tiempo, toda la mano de obra que al inicio se enfocó en rescatar a la gente, ahora se estaba dedicando a la reconstrucción. Eran los albores de la época dorada de crecimiento. Las olas habían retrocedido y todo daba luz verde hacia el desarrollo de la ciudad.

De la inundación nació la colonia 28 de junio. Era una serie de lomas a donde no llegaron las aguas, donde pudieron refugiarse las personas más impactadas. Piedras Negras había sido declarado muerto a pocos días del desastre por un diario nacional, pero no fue así. Estaba recobrando nueva vida, gracias a la voluntad y el empeño de la gente. Después nació la Presa de la Amistad.

Cuando la familia por fin pudo regresar a la casa, todos se quedaron totalmente asombrados cuando vieron que el agua había llegado a marcar la parte inferior de la imagen de la Virgen de Guadalupe. La imagen había pasado todo ese tiempo en su lugar, colgada en la pared, frente a la cama de los abuelos. Los ojos de la imagen presenciaron hasta dónde había subido el agua en la recámara de los abuelos y la sensación de las olas del río crecido, que llegaron a rozarle los pies.

Allí había dejado su huella, una de tantas que había dejado por todo Piedras Negras, la inundación de junio de 1954.

La enciclopedia y la entrega clandestina

Siempre llegaban a tocar la puerta. Llegaban seguido a pedir limosna, eso ya era costumbre. Pedían agua, pedían comida. Se pedía de todo. No importaba quiénes eran, los abuelos siempre les abrían la puerta. La abuela les hacía de comer. Les hacía lonches o les calentaba tamales. Se los daba a La niña diciéndole: "ve y dáselos". Cuando hacía frío les daba una taza de café para calentarse. Solamente no les daban dinero, para evitar que se lo fueran a tomar en licor.

También llegaban a vender cosas. Vendían dulces, chicles, paletas, helados. Se vendía de todo. Había un vendedor ambulante que solía pasar todas las tardes, proclamando en una voz alta que resonaba por toda la casa: "¡Tamales, tamales!"

Un viernes, a las dos de la tarde, llegaron a vender una enciclopedia. Por suerte, fue el tío Esteban a quien le tocó abrir la puerta, cuando el vendedor lanzó directamente su oferta.

—¿Desean tener todo el conocimiento del mundo de más allá? Ahora está disponible, aquí lo pueden tener a la mano. Les presento *The World Book* enciclopedia, actualizado, para darles justo todo ese conocimiento, sabiduría y las últimas novedades que han sido incorporadas en esta edición.

El tío lo vio con interés. Era un vendedor joven, de buen ánimo y muy entusiasmado. Llegó en bicicleta.

—Toma este volumen como una muestra de lo que ofrecemos.

El vendedor sacó un paquete de su mochila, lo desenvolvió con mucho cuidado, sacó el libro que contenía y se lo pasó al tío. Era nuevo, volumen C, en condición inmaculada. El tío tomó el libro, mirando la portada y el lomo. Lo abrió y les dio vuelta a las hojas, oliendo la tinta y el papel. Empezó a escudriñar las entradas: Coahuila, Cuauhtémoc, Cub Scout, Cuba…

Cada página parecía vislumbrar una consciencia sumamente desbordante.

—Esto es justo lo que necesitamos —dijo el tío, hojeando las hojas restantes en el volumen, pensando en toda la familia—, necesitamos una enciclopedia.

Cerró el libro.

—¿Cómo se llama? —le preguntó el vendedor.

—Esteban.

—Hola Esteban, mucho gusto en conocerlo. Soy Rudy. Como ve, es muy bonito volumen, apto para toda la familia. Yo le doy muy buen precio por la edición completa.

—¿A cuánto la vende?

—Esteban, como puede ver esta edición es nueva. Típicamente, se está vendiendo por trescientos dólares americanos, pero si usted elige comprarla hoy, se la puedo dejar en doscientos ochenta dólares.

—Doscientos ochenta… —reflejó el tío.

—Son tres mil quinientos pesos —aclaró Rudy.

—¿Usted los vende aquí en Piedras Negras?

—Deje le explico Esteban, se supone que yo los vendo en Eagle Pass, pero también hay mucha demanda aquí en Piedras Negras, así es que me encargo de los dos lados.

El tío tomó más tiempo para revisar el volumen.

—¿Se lo puedo enseñar a la familia?

—Sí, ¡por supuesto!

—Gracias. Puede pasar a la casa si gusta.

Rudy pasó con avidez, dejando la bicicleta en el patio, recargada sobre el muro. El tío lo invitó a sentarse en la sala, mientras fue a mostrarles el volumen C a los abuelos en el comedor. Pronto se sumaron la tía Viviana, la bisabuela y La niña, y se pusieron a mirarlo juntos.

—A ver, ¿dónde está Chopin? —preguntó la tía Viviana.

Le dieron para atrás unas páginas, hasta dar con las entradas, empezando con Ch. De allí no tardaron en encontrarlo.

—¿California? —pasaron las páginas hasta que la encontraron— ¿Corea?

—En inglés es *Korea* con "K" —explicó el tío.

—Ja, ja, ja, tienes razón. Entonces… ¿Colombia?

Pasaron más páginas y encontraron una entrada detallada con fotos, estadísticas, un mapa, información sobre su historia y cultura, información sobre las ciudades Bogotá, Medellín, Cali, Barranquilla…

—Pregúntale al muchacho si nos puede traer el volumen B, para leer sobre el béisbol —dijo el abuelo en broma. Era el inicio de octubre y los Yankees y los Bravos se la estaban disputando allá en el norte—. A ver si nos dice quién va a ganar la Serie Mundial.

—No creo que te vaya a decir eso —dijo la bisabuela—. ¿Aunque parece que empezaron mal tus Yankees?

—Perdieron los primeros dos juegos —dijo con languidez. Allí estaban los diarios con todos los resultados.

—Bueno. Pero la enciclopedia es muy buena —concluyó la tía Viviana, regresando al tema.

Todos lo vieron como muy buena oportunidad, que coincidía muy bien con la curva de conocimiento global que iba en ascenso. Además, ya tenían un volumen en la mano. Era fantástico y su valor era contundente. No vacilaron en tomar la decisión de comprarlo.

El tío y Rudy se sentaron en la sala, para sellar los detalles del acuerdo. El abuelo necesitaba tiempo para juntar los tres mil quinientos pesos. Por su lado, Rudy aclaró que los otros volúmenes estaban en una bodega en Eagle Pass, pero que los podía traer muy pronto. Eligieron el siguiente martes como fecha de entrega para la transacción. Por lo pronto, el tío le pagó doscientos pesos y Rudy dejó que se quedaran con el volumen C.

Todos se quedaron muy emocionados, especialmente el tío que se la pasó leyendo las entradas del volumen C. Algunas entradas hacían referencias a otros volúmenes, lo cual amplificó su deseo de tenerlos todos. Cuando terminaba de leer una entrada, se paraba a caminar mecánicamente entre las recámaras, apuntando hacia arriba cada vez que sus pensamientos descubrían una nueva cima. Entonces aplicaba sus conclusiones a la memoria y retomaba el libro con entusiasmo para empezar la siguiente entrada.

—Ya vamos a tener todo ese conocimiento —decía esa noche, lleno de emoción. Ya no podía esperar.

Rudy también se quedó muy emocionado por la venta que había realizado, pero también le entró el miedo de que fueran a cambiar de opinión por alguna razón o que algo iba a pasar antes de que se consumara toda la transacción. Incluso se puso muy nervioso. Así que decidió empezar a entregarles los otros volúmenes. Además, sabía que le iba a tomar varias vueltas para cruzarlos, porque no tenía carro y la bicicleta era su forma de andar.

El sábado tomó los volúmenes D, E, F, G y H, y los guardó con mucho cuidado en su mochila. Ya no le cabían más. Entonces se echó a andar hacia el puente. Cruzó y unos minutos después llegó a la casa de los abuelos a tocar la puerta.

¡Toc, toc!

Pero esta vez no llegó nadie a abrirle la puerta. Todos habían salido, salvo la bisabuela, quien estaba bien dormida en la recámara de más camas. Rudy no sabía qué hacer y no podía regresar a Eagle Pass con los libros sin levantar miles de preguntas en la aduana estadounidense.

¡Toc, toc!

Solamente que sí estuvo La niña y ella sí oyó que alguien estaba tocando. Se asomó por la ventana y vio que era Rudy. Ella siempre se veía como más grande, independiente y capaz de hacer todas las cosas bien. Así es que fue y le abrió la puerta.

—Hola, buenas tardes. ¿Se encuentra Esteban?

—No. Se fue a la matiné, al Cinelandia.

—¿Y tu mamá o papá?

—No están —contestó, notando que la mochila de Rudy estaba llena—. ¿Tienes los otros libros? —le preguntó directamente.

—Sí, aquí tengo otros cinco volúmenes. Es que no los puedo traer todos a la vez, necesito traerlos poco a poco.

—Déjamelos a mí —le dijo La niña—, yo los guardo.

Rudy no tuvo mejor opción. Uno por uno, le pasó los cinco volúmenes de *The World Book* a La niña. Estaban inmaculados.

—¿Cuándo puedes traer los otros libros? —le preguntó directamente. Ya se le había ocurrido cómo quería hacer las cosas.

—Solamente puedo cruzar una vez al día. Puedo regresar mañana con los siguientes volúmenes.

—¿Puedes venir a esta hora mañana? —propuso. Ella sabía que entonces todos estarían ocupados o fuera de la casa.

—Sí.

—Bueno —le dijo, cerrando la puerta—, gracias.

¡Se llevó los cinco volúmenes y los escondió en su recámara!

El domingo La niña pasó la tarde mirando por la ventana y salió al patio cuando llegó Rudy en la bicicleta. Esta vez le entregó los volúmenes I-J, K-L, M, N-O y P. Ella los recibió por encima de los bloques de concreto, para no abrir la puerta exterior que rechinaba y así evitar ruido o escándalo. Los escondió primero en la sala debajo del sofá y luego empezó a pasarlos uno por uno a la recámara.

—Y tú, pequeña luz, ¿qué llevas allí en la mano? —la sorprendió la bisabuela con el volumen N-O en las manos.

—Nada —sonrió, alzando las cejas. Como no podía negar lo acontecido, se lo explicó enseguida a la bisabuela—. Pensaba envolverlos y dárselos como regalo, así se lo dejamos como una sorpresa.

La bisabuela se puso a pensar.

—Bueno, así lo podemos hacer —acordó la bisabuela—, pero me tienes que avisar la próxima vez que llegue el muchacho. Si no, esto no va a funcionar.

—Claro que sí.

La bisabuela la ayudó a esconder todos los volúmenes en su armario, para mantenerlos bien guardados. Más tarde, sin que nadie se diera cuenta, empezó a juntar el dinero que había guardado para aquellos gastos importantes de la familia. Fue al marco, detrás de la foto del bisabuelo Jesús. Fue a la estantería de libros, entre las páginas de una vieja libreta. Fue a la lámpara que estaba al lado de su cama y por un agujero que había en la parte inferior, sacó el dinero. La bisabuela guardaba sus ahorros por toda la casa, en escondites que ni siquiera ella recordaba…

El lunes, el abuelo contactó al banco para empezar los trámites del préstamo que necesitaba para pagarle a Rudy. Mientras él estaba ocupado con aquellos detalles, llegó Rudy para entregar los volúmenes Q-R, S, T, U-V, W-Z, más uno curioso que se llamaba *Reading and Study Guide*. Entonces aprovechó la bisabuela para platicar en voz baja con Rudy en el patio.

—¿Cuánto iba a ser por todos?

—Mucho gusto, señora. Eran doscientos ochenta dólares, que son tres mil quinientos pesos, menos los doscientos pesos que ya me dio Esteban.

—¿Y cuándo puede entregar los últimos libros?

—Solamente quedan 2 más, el A y el B. Se los traigo para mañana.

La bisabuela, por su parte, tampoco dudó ni un instante en lo que decía Rudy. Ella sacó los billetes de su chamarra. Todos estaban hechos rollito y, poco a poco, iba contándolos mientras los estiraba con la mano.

—Bueno, aquí tiene los otros tres mil trescientos pesos, para darle el pago completo —dijo, entregándole los billetes—. Solamente le pido que no diga nada a la familia, porque va a ser una sorpresa. Nada más deja los libros y ya estamos.

—Así lo haré, ¡muchas gracias, señora!

¡Solamente faltaba una entrega más!

El martes, la abuela se sentó al piano a tocar y cantar *Las mañanitas*, en honor al tío Esteban. ¡Era su cumpleaños! Ella desprendió toda su radiante energía en la canción, dejando que las olas sonoras llenaran la casa de su alegría y emoción. Un poco después, llegaron una serie de relámpagos y truenos que dieron inicio a la lluvia.

—Llévate paraguas, está lloviendo muy fuerte —le dijo al tío Esteban, ya que iba saliendo ese día—. Nos vemos en la tarde.

La abuela se la pasó cantando en la cocina, mientras hacía el jarro de frijoles y una cazuela de puerco con calabaza. Todos los recuerdos de la inundación todavía eran muy vívidos y esa lluvia la tenía de nervios. Pero el motivo de sus obras era el cumpleaños y eso le permitió desprender aquella energía y mantenerse por encima de todo.

Empezaron a llegar los familiares, tíos y tías, amigos y colegas, de cerca y de lejos, que vinieron para la fiesta. Todos se sentaron y se pusieron a platicar.

Entre todos, también llegaron las dos tías peleoneras Lilia y Norma, que siempre le habían tenido mucha envidia a La niña. Ese día las dos empezaron a sospechar algo curioso. Sin saber lo que era, llegaron con ella.

—¿Qué tramas con Trinidad? —le preguntaron directamente.

—Nada —les dijo.

—¿Cómo que nada?

—Nada.

Las dos se enojaron con ella.

—Tú crees que lo sabes todo, pero no es así —dijo la tía Norma.

Ella las ignoró y se enojaron aún más.

—La mamá de tu mamá no es Trinidad —remató la tía Lilia. La quisieron empujar hasta el límite.

—Sí, es ella —mantuvo con calma.

—No. Es que tú no sabes…

—Es que no se lo han contado…

—No sean mentirosas —dijo La niña. No le daba miedo defenderse de ellas.

—Dile lo que pasó —insistió la tía Norma, ya que habían abierto la caja de Pandora.

Eran las tres de la tarde y seguía tronando muy fuerte. La bisabuela se estaba echando la siesta en el centro del laberinto, mientras esta provocación tuvo lugar en la encrucijada con todas las puertas cerradas. Había tinas de agua por toda la casa, como relojes que iban llenándose muy despacio con el agua que caía de las goteras.

—Trinidad y Jesús iban a tener una bebé, pero la criatura murió en el parto —declaró la tía Lilia, como si ella se hubiera adueñado de la historia. Se la dejó ir así, dura, seca, sin explicación.

La niña mantuvo un rostro firme, pero por dentro empezó a caer en un abismo de miedo. Tenía que saber más.

—¿Por qué murió la bebé?

—Eso no lo sé. Pero era muy triste para ellos.

—Mamá sí es su hija —mantuvo, negando lo que le decían.

—No —le explicó la tía Lilia—. La mamá de tu mamá fue la cuñada de Trinidad. Ellos tuvieron como once o doce niños y niñas. No sé cuántos, pero eran muchos.

—Así es —dijo la tía Norma—, tu mamá nació el mismo día en que murió la otra bebé. El hermano y la cuñada vieron qué tristes estaban Trinidad y Jesús. Para el otro día, ellos llegaron a su casa en la calle Zaragoza y le entregaron a su bebé para quitarles la tristeza.

Aquí hubo una pausa entre las tres.

—¿Cómo saben todo esto? —les preguntó La niña.

Entonces se quedaron calladas las tías, atoradas en la conversación, como si fuera algo que no debían de haber contado. Incluso ya no estaban enojadas con ella. Al contrario, se dieron cuenta de que se había quedado atormentada por la historia, por la idea de que había muerto una bebé, por todo.

La niña se ofuscó. Se metió a la recámara de los abuelos y se quedó aplastada en sus pensamientos. Incluso se sintió engañada. Empezó a darle patadas a la cama de los abuelos, poniéndose de muy mal humor.

Llegaron más familiares. Llegaron más tíos y tías. El abuelo partió a la central de autobuses para esperar a la otra tía, que iba a llegar esa tarde desde Monterrey. Mientras él estuvo fuera y todos los demás estaban sometidos en la plática, llegó Rudy para entregar los volúmenes A y B. La niña se desató como un relámpago cuando lo escuchó llegar. A pesar de toda la lluvia, Rudy había cumplido con su promesa. Los había envuelto con mucho cuidado en capas de toalla y de plástico, para mantenerlos secos.

—Gracias —le dijo La niña, aún ofuscada —. Yo me los llevo.

—Muchas gracias a ustedes —declaró Rudy, pasándole una tarjeta laminada— aquí está mi número de teléfono, me hablan si tienen alguna duda o si se les ofrece algo…

La niña ya se había ido.

Se llevó los dos libros y se dirigió al lugar más recóndito de la casa que solamente ella conocía. En el vestuario, detrás de todos los vestidos, debajo de un panel de madera, había un espacio en el suelo donde ella podía meter el brazo para esconder los dos libros en el andamio de la casa, apartados de todos los otros volúmenes. Nadie los iba a encontrar. Ya no le dijo nada a la bisabuela cuando ella se levantó. Solamente se quedó mirándola y pensando en la otra bebé. Se sintió tan decepcionada que ya no sabía quién era quién.

Por fin llegaron a la casa el abuelo y la otra tía de Monterrey. Sucede que su camión se había retrasado mucho tiempo, debido a las lluvias que asolaron toda la región. Cuando llegaron, ella estaba empapada por toda la lluvia, pero lista para la fiesta.

Para el abuelo ya se le había hecho demasiado tarde para llegar al banco.

—¿No regresó el muchacho? —le preguntó a la bisabuela, secándose con una toalla— no he podido ir al banco por el préstamo…

—¿Con toda esta lluvia? Dudo que vaya a llegar hoy, sobre todo si anda en bicicleta el muchacho. Todos esos libros son tesoros, ¡no se deben de mojar!

El abuelo entendió, aunque temía que Esteban se iba a quedar decepcionado por el retraso.

—Al cabo de todo, va a funcionar como debe —aseguró la bisabuela—, yo diría que puedes ir al banco mañana, sin prisa…

—Bueno. Así tendrá que ser.

—¿Cómo siguen los Yankees? —llegó a preguntarle, antes de reunirse con los otros familiares.

—Pues algo mejor. Ganaron dos juegos, aunque ya llevan tres perdidos. Ya no hay margen.

Esa noche tuvieron la fiesta. Las lluvias pararon, las goteras se empezaron a vaciar con languidez, a diferencia de La niña, quien seguía aturdida y hundida en su soledad. El tío Esteban se quedó con la sorpresa de toda la enciclopedia, salvo los dos volúmenes A y B, que permanecían bien escondidos en la casa. El abuelo se quedó con la sorpresa de que la bisabuela ya había pagado todo. Ya no tenía que ir al banco para solicitar el préstamo. Como si no fuera mucho, los Yankees se convirtieron en los campeones de béisbol, ganando los últimos dos partidos contra los Bravos para lograr el trofeo de la Serie Mundial. Ahora solamente faltaba, según ellos, que llegara Rudy para entregar los otros dos volúmenes. En fin, todo parecía estar en orden y el tío estaba muy feliz, pasaba todo el tiempo leyendo.

Así fue como adquirieron la enciclopedia. La colocaron en el comedor, encima del estante que formaba parte de la plataforma de gabinetes y cajones detrás de la mesa comunal. Estaba bien ordenada alfabéticamente y quedaba al alcance de todos. También quedaba claro que era para todos. Un regalo de la bisabuela. Solamente quedaba el hueco al lado izquierdo que dejaron para los volúmenes A y B, que seguían esperando. Salvo que Rudy nunca llegó.

Dos meses después, la bisabuela falleció.

Incluso las tías Norma y Lilia se sintieron muy mal por todo lo que había pasado. Lo que había empezado como una broma pasó el límite de lo que ellas intentaban hacer. Tomando todo en cuenta, las dos le mandaron una carta a La niña pidiéndole perdón sin desmentir lo que le habían dicho.

Esto la animó a llegar un día con la tía Viviana para romper el silencio.

—Ven amor, ¿por qué te ves tan achicopalada?

La tía Viviana se sentó con La niña en la misma cama donde había dormido la bisabuela. Le contó todo, insistiendo en saber si era verdad o no lo que le contaron las tías Norma y Lilia.

—Mira amor, deja te explico. Aun suponiendo que lo que te dijeron aquellas huercas fuera cierto, que lo dudo… ¿Qué es lo que significa ser una mamá?

—No sé, no lo sé.

—Deja te cuento, ella cuidó a tu mamá desde que era una pequeña bebé, La amamantó, la crio, le dedicó toda su vida. Para ella, tu mamá era su mundo entero. Y ahora ve cómo todos nos quedamos tan impactados por su ausencia, que la extrañamos tanto.

La niña escuchó sin decir nada.

—Al cabo que yo no estuve allí… Yo no te puedo decir lo que sí pasó o no. Pero todo lo que te acabo de contar, para mí, eso es lo que significa ser una mamá.

Aunque La niña no iba a poder entenderlo, ese era un paso importante para ella. Ya no necesitaba indagar más, ya no necesitaba buscar respuestas o insistir en saberlo todo, gracias a la tía Viviana. Se dieron un abrazo. Esa noche, La niña durmió con una tranquilidad que no había sentido desde la tormenta. Solamente se levantó una vez, cuando todos los demás estaban dormidos, para ir al vestuario. Deslizó los vestidos, quitó el panel de madera y metió su brazo en el andamio de la casa.

Al día siguiente, todos amanecieron para recibir el resplandor del regalo de la bisabuela. Allí miraron por primera vez, encima del estante del comedor, la enciclopedia *The World Book*, toda completa, con los volúmenes A y B colocados en su espacio. Había algo en la enciclopedia, algún efecto mágico que la hacía lucir cuando estaba completa. Como si los propios libros supieran que ya no faltaba ninguno. Era una preciosura.

La abuela se puso enseguida a derramar las siguientes lágrimas que le tocaban llorar. Estas eran suaves y confortantes, lágrimas de puro amor y agradecimiento, sintiendo tan cerca a su mamá Trinidad. Pero eso no fue todo. La niña había regresado.

Jorge Tamayo y la carretera 57

El abuelo nació en Laredo. Entonces los presidentes eran Venustiano Carranza y Woodrow Wilson. El hecho de que nació del lado tejano jamás se supo. Ni él lo sabía. Solamente se supo muchos años después de su muerte. El lugar fue debido a las circunstancias efímeras de aquel entonces, provenientes del azar que regía todo, pero no pertenecía a su destino. Los bisabuelos paternos no tardaron en registrarlo en Piedras Negras. Lo hicieron mexicano, para que algún día pudiera ser el presidente de la República. Tal era su suerte. Él era mexicano hasta las cachas.

El abuelo era escritor. Tenía que viajar con frecuencia a la Ciudad de México para asistir a conferencias de periodistas y presidir talleres de autores. Como no le gustaba volar se iba en el camión. Su hermano Emilio era ejecutivo en Mexicana de Aviación y siempre le ofrecía boletos, sin embargo, prefería irse en los Autobuses Anáhuac que retar a las fuerzas superiores del azar subiéndose en un avión.

En aquellos días, el viaje de Piedras Negras a México duraba 24 horas. Se iban por La Villita, Nava, Nueva Rosita y Sabinas. Se bajaban rápido para usar el baño, para comprar algo de comer, de tomar, lo que sea, siempre conscientes del tiempo para que no se les fuera el camión. Tres horas después llegaban a Monclova, donde se volvían a parar. Entonces se iban a Saltillo, que eran otras tres horas. Aquí es cuando tenían que atravesar La Muralla.

Había un trecho que estaba tan empinado y peligroso, eran veinte minutos de pura curva cerradísima, un carril de ida, otro de venida, sin acotamiento o lugar en donde uno se pudiera parar o hacerse para allá o para acá, con la montaña de un lado y el precipicio vertical que daba directamente al desfiladero del otro. Los carriles eran tan estrechos que a veces no permitían que dos vehículos se cruzaran, mucho menos cuando se trataba de un vehículo largo como un camión. Uno tenía que conducir muy lento y si uno intentaba rebasar al otro en una curva, podría ser fatal. Aquí es cuando todas las manos se aferraban a los rosarios, pasándose sudorosas entre todos los misterios, hasta que el camión llegaba seguro al otro lado.

En Saltillo se paraban otra vez, para comer y cambiar de conductor. Aquí es donde una vez entró un joven al camión que no había estado antes. Le mostró su boleto al chofer y de allí se pasó a sentarse enseguida del abuelo.

—Buenas noches.

—Buenas noches. Ahora sí, nos vamos.

—Sí, vamos a México.

Salieron de Saltillo y le siguieron dando por la carretera 57 hacia Matehuala. Era una noche clara, sin luna y todas las luces de la ciudad no tardaron en quedarse atrás. Ahora solamente se veía el trozo de la carretera iluminado por el camión y de vez en cuando las luces de uno que otro vehículo pasando a la distancia.

El cielo envolvió la tierra como una manta negra y la oscuridad se apoderó de la noche como un cristal.

El joven era muy amable y respetuoso, pero pronto notó el abuelo que se veía muy preocupado por algo. Se pusieron a platicar en voz baja porque ya era de noche, para no despertar a los otros pasajeros.

—Me dijeron que mi tiempo es limitado —decía el joven.

—Sí, nos atrasamos una hora saliendo de Monclova —respondió el abuelo.

—No me refiero al camión, sino a mi propio tiempo. Me dijeron que mi tiempo es limitado —decía—, temo que se me va a acabar, que no voy a llegar.

—¿Quién te dijo eso?

—No sé. Los doctores.

El abuelo no lo podía creer. Se veía demasiado joven para que le contara tal cosa. No sabiendo exactamente cómo responder, tomó un rato antes de hablar.

—Te ves rebién —le dijo—. Los doctores no siempre saben lo que dicen.

—Me dijeron que debo atender mis asuntos.

—Estás muy joven para que te digan eso. ¿Cuándo te lo dijeron?

—No sé. Hace poco. ¿Sabes cuándo vamos a llegar? —le preguntó. Se veía totalmente espantado.

—¿A dónde? ¿A México?

—Sí. Yo voy a México —contestó, como si fuera un desafío a la muerte y al reloj que regía su destino.

—Mañana para el mediodía ya debemos de estar llegando —le dijo el abuelo, tratando de calmarlo. Apenas podía ver su rostro, pero su ansiedad era palpable.

Pasaron un rato sin hablarse, sin que pasara ningún otro vehículo.

—¿Qué quiere decir que se me va a acabar el tiempo? —le preguntó el joven, aún nervioso.

—Todos tenemos tiempo limitado —le dijo el abuelo, no sabiendo si lo iba a tomar bien—. Nadie sabe cuándo le toca.

—Sí —respondió, agradecido por su compañía.

Pasaron otro rato sin hablarse, ambos despiertos. Todavía era temprano para el abuelo y siempre mantenía un ojo vigilando el progreso del viaje. Estaba fresca la noche. Todos los pasajeros se abrigaron como pudieron con sus prendas y cobijas.

Se pararon otra vez en Matehuala. Ya eran casi las tres de la mañana y esta parada solamente duró cinco minutos. Saliendo de allí ya lograron aprovechar la hora y la oscuridad para dormir. El chofer le siguió dando por San Luis Potosí y Querétaro. Cada segmento significaba otras tres horas de viaje, intercalado por otra parada para descansar y recobrar la circulación por unos minutos. Saliendo de San Luis Potosí es cuando empezó a salir el sol, arrullando el deseo de seguir durmiendo para todos. El abuelo iba deambulando entre los sueños de madrugada, cuando por una suerte aleatoria se percató del reloj que llevaba puesto el joven, un Timex, que se había aferrado a un tiempo equivocado.

Saliendo de Querétaro es cuando la capital por fin empezó a sentirse cerca. Una hora y cacho más y ya llegaban.

—Qué bonito día —comentaba el abuelo, ya que iban a unas cuadras de la terminal, intrínsecamente sometidos por el tráfico y los latidos de la capital. Para entonces el joven se veía algo más tranquilo—. ¿Tú vives aquí?

—No, yo no soy de aquí. Vengo de lejos.

—¿De dónde?

—Del otro lado de la frontera —le dijo, para el asombro del abuelo—. Estoy huyendo de mi familia y país. Pronto se van a dar cuenta...

—¿Por qué estás huyendo?

—Yo soy una persona de paz. Mi papá estuvo en la guerra. Casi no regresó. Yo no quiero nada que ver con el ejército o el conflicto. Nada. Pero ese es el destino que me guardaron. Prefiero empezar de cero aquí en México.

—Entiendo… ¿Qué vas a hacer ahora?

—Voy a ver cómo le hago, pero necesito atender mis asuntos.

—¿Cómo vas a hacer eso? —le preguntó el abuelo. Le mortificó mucho lo que le decía el joven, pero no sabía cómo ayudarle.

—Necesito escribir.

—¿Eres escritor?

—No —casi se rio de la idea—, pero necesito atender mis asuntos. Necesito mandar unas cartas. Quisiera conseguirme una máquina.

—¡Vaya! Aquí está mi hermano, él tiene una máquina.

—Pues no sé… No tengo con qué pagarte.

—Deja. ¿Cómo te llamas?

—Soy Jorge. Jorge Tamayo.

—Un gusto Jorge. Soy Francisco. Vamos a la casa de mi hermano.

—Muchas gracias, Francisco. Agradezco mucho tu amistad y tu ayuda.

Salieron del camión, sacaron los velices y se fueron juntos a buscar un taxi.

Solían reunirse a platicar las señoras en las tardes, siempre cambiándose de lugar dependiendo de qué casa les quedaba conveniente. Cuando le tocaba viajar al abuelo, entonces llegaban todas a visitar a la abuela.

Primero llegaron Graciela y las hermanas Luisa y Rosita Hernández. De allí se sumaron Mercedes y las hermanas Carmen y Dolores Vela. Se sentaron a tomar el café con unas galletas y un pastel, y de allí arrancaron la tertulia nigropetense.

Como no había escasez de chismes y escándalos de qué hablar, el entorno siempre les proporcionaba nueva materia para pasar las tardes más lentas de la canícula en las novedades. Y siempre estaban cerca todos los niños, rodeando, medio escuchando. También se asomaba La niña para escuchar de lejos, para captar todo lo que podía sobre el último escándalo.

—Vete a jugar a la recámara —le decían cada vez a La niña.

¡Pero ella no hacía caso! Se escondía detrás de una puerta donde podía escuchar todo, en un rincón donde quedó perfilada por la tatarabuela, la abuela del abuelo, quien le clavaba los ojos desde la otra pared. Los ojos de la tatarabuela eran espantosos. Se decía que el tatarabuelo era muy educado. Cuando pasaba el carretero vendiendo tamales, él siempre se quitaba el sombrero para saludarlo. En cambio, la tatarabuela era bárbara.

Cuando los bisabuelos del lado del abuelo tenían hijos, el bisabuelo salía temprano a conseguir los pollos para que los mataran, para hacer los calditos para su esposa y todos sus hijos. Los limpiaba y les quitaba todas las plumas. Solamente faltaba hervir agua para hacer el guiso del caldo. La tatarabuela esperaba quieta, ocultándose hasta que el bisabuelo era distraído por uno de sus cinco hijos o incluso por el abuelo cuando era un niño chico. Tan pronto como el bisabuelo desaparecía para atender a su hijo, entraba la tatarabuela como una codiciosa para robarse todos los pollos y cocinarlos para ella sola.

Eran cinco los hijos de la bisabuela paterna. Todos los hermanos del abuelo se llevaron mal, salvo él, que se llevó bien con todos. Es que el tío Pelayo se casó con una hermana de la esposa del tío Emilio. Después de la misa, en la mismísima recepción, se desplomó todo el sagrado matrimonio porque ella quería quedarse en la Ciudad de México y él quería regresarse a Monterrey. Él le dijo: "yo en México no me quedo". Y ella le dijo: "yo a Monterrey no me voy". Allí en la recepción se acabó todo.

También estaba el tío Sancho, que era súper payaso. A los 15 años ya era general de la botella y la bisabuela paterna siempre estaba preocupada por su bienestar. Si él no llamaba o si no iba a verla, ella siempre temía que algo grave le pasara. Entonces salía a la calle, angustiada, a buscarlo. A veces se llevaba a La niña y las dos se iban caminando todas las calles del centro para buscar al tío Sancho. Entonces la bisabuela paterna le contaba todos los secretos, que no habían salido a la luz dentro de la casa.

Ahora había algo en la mirada fija de la tatarabuela, que aprobó el acto de escuchar a escondidas. Quizás había algún acuerdo clandestino entre ella y La niña. Alguna aptitud de su parte para mantenerse quieta, como hacía para robarse los pollos. Alguna destreza que ahora le enseñaba cómo esconderse, para poder escuchar todos los chismes jugosos, los escándalos y todos los actores.

—El otro día pasó Mundo por aquí, no lo habíamos visto en mucho tiempo…

—¿Qué Mundo?

—De seguro que lo han visto. Es Mundo, el sobrino de la señora Ordoñez. Se veía medio malito…

—¿Te refieres a Chata Ordoñez?

—Sí, ella.

—Chata vivía aquí cerca, en la calle Terán, pero se fue a Monterrey hace unos años. Que en paz descanse.

—No me digas, ¿qué le pasó a Chatita?

—Le dio pulmonía.

—Así es, pulmonía.

—Se enfermó a mediados de diciembre y falleció el veintinueve o el treinta. No llegó al Año Nuevo la pobre.

—Que en paz descanse…

—Me escribió poco antes. Ella siempre quería regresar a la frontera.

—¿Y qué pasó con el sobrino?

—Lo vi hace unos días, andando por acá. Se veía malito.

La niña escuchó y se le grabó todo.

Súbitamente, se levantó la abuela para ir a buscar algo. Su movimiento agitó a La niña, tanto que se topó con un mueble, desparramando las canicas del tablero de damas chinas sobre el suelo, provocando que el tío Cristiano llegara de volada, intercalándose en el escenario.

—¿Qué pasó, qué pasó? —preguntó el niño, sin saber medirse— ¿De qué están hablando?

—Hablando del rey de Roma y el que se asoma —remató la abuela—, vete a la recámara a jugar con los demás…

La niña se aguantó en silencio detrás de la puerta, esperando no ser divisada, pero la abuela sentía su presencia, sabiendo que las canicas no se cayeron de la nada.

—Y tú, ¿qué estás haciendo allí? —le preguntó la abuela, abriendo la puerta donde se había escondido.

—Nada —sonrió, alzando las cejas, acudiendo a la inocencia. Aunque ya no le funcionaba tanto como antes, ya que era más grande.

—A ver, levanta todas las canicas y luego vete a jugar con Cristiano. La plática no es para ustedes.

La abuela regresó con la tertulia y se puso a leer algunas de las cartas que le había mandado Chata Ordoñez antes de que falleciera. Mientras tanto, La niña se deslizó en silencio a la recámara de los abuelos. Fue y abrió el cajón en donde los abuelos guardaban todas las cartas que habían recibido de familiares y amistades a través de los años y se puso a leer.

Tres días después llegaron dos señoras a la casa.

Cuando viajaba a la capital, el abuelo solía llegar directamente al hotel El Romano en la calle Humboldt, a unas cuadras del Palacio de Bellas Artes. Su rutina era llegar, lavarse, salir a caminar por un rato, cenar tarde y dormir. Así, para el siguiente día, estaría listo para darle con todo. Pero esta vez llegaron directamente a la casa del tío Emilio en Coyoacán. Él vivía en el callejón Belisario Domínguez, entre Viveros de Coyoacán y el centro de esa colonia.

—Querido hermano.

—¡Qué gusto!

Los dos se abrazaron y el abuelo le presentó a su amigo Jorge del camión.

—Adelante Jorge. Estás en tu casa.

—Gracias Emilio, lo agradezco mucho.

Acomodaron ambos velices y el maletín del abuelo y se sentaron a platicar.

—¿Qué tal estuvo el viaje?

—Bien. Cansado. Nos demoramos por un rato afuera de Monclova...

—¿Debido a qué?

—No sé. Parece que el chofer se paró por un rato para tomar una siesta.

—Eso pasa con los Anáhuac.

—Sí...

—Si prefieres volar, ese viaje se corta a dos horas y te evitas toda esa parte por La Muralla. Yo te regalo el boleto.

—Tú sabes, yo no me subo a los aviones...

—Como quieras.

Entonces hubo comida. Emilio lo estaba esperando a tal hora y sabía que su hermano llegaría con hambre. Se sentaron los tres a comer un arroz blanco con filetes de pollo y ensalada. Después se tomaron un café. Ya casi terminada la comida, el abuelo le explicó a Emilio que Jorge buscaba una máquina, que necesitaba atender unos asuntos personales, sin meterse en la profundidad de lo que le atormentaba. Emilio lo recibió con todo gusto y de nuevo le abrió la casa. Lo llevó a una recámara, donde había un escritorio con una máquina de escribir, papel, lápices, sobres y timbres. Y Jorge, sumamente agradecido, no perdió ni un minuto más. Se puso a teclear.

—Se ve que sabes escribir a máquina —le dijo Emilio.

—Sí, en la oficina de mi papá. Allí tienen varias máquinas IBM.

—¿IBM? Muy impresionante detalle…

Unas horas después, el abuelo se despidió de Emilio y de Jorge para irse al hotel El Romano. Así pudo amanecer en el centro, cerca de donde le tocaba estar el día siguiente. Cumplió todos los requisitos de su trabajo y también le dio tiempo para conseguirle un regalo a La niña, como acostumbraba hacer. Al otro día, desayunó en el corazón de la Ciudad de México y luego se fue con tiempo a la central para subirse al camión y emprender el viaje de regreso a Piedras Negras por la carretera 57.

La puerta exterior rechinó.

— Soy yo —proclamó veinticuatro horas más tarde. Ya era el otro lado del viaje.

—¡Ya llegó, ya llegó!

La niña saltó de la cama, corriendo de la recámara de más camas hasta la sala donde estaba llegando el abuelo. Enseguida, le entregó un libro y los dos se quedaron abrazados por un rato. Después llegó la abuela y se dieron un beso.

—¿Qué tal el viaje? —le preguntó.

—Bien. Emilio manda sus saludos.

—Gracias. No sabía que lo ibas a ver.

—Sí, lo vi el martes. Pasamos la tarde juntos en su casa.

El abuelo se lavó las manos y se sentaron juntos a comer un plato de arroz y un caldo de lengua. Después del café, estaba a punto de ponerse a escribir cuando llegaron las dos señoras Ordoñez a la casa.

—¡Señor Francisco, señor Francisco! —llegaron muy apuradas—. ¡Nuestro hermano no es malo!

Las mujeres lo pescaron fuera de onda.

—Perdón, no entiendo… —respondió el abuelo, preocupado por el asunto. La niña se puso a escuchar desde no muy lejos.

—Mundo es nuestro hermano, señor Francisco. Él no es malo. Solamente está un poco enfermito…

—Disculpen por favor, yo he estado fuera de la ciudad. ¿Qué está pasando con su hermano?

—Es que la policía se llevó a nuestro hermano, señor Francisco. Hablamos con la policía y nos dijeron que usted les llamó, que usted pidió que se lo llevaran… que era malo.

El abuelo se dirigió hacia el teléfono. Aún no sabía qué decirles a las dos señoras, pero no tuvo que decirles nada porque allí apareció La niña para aclarar todo.

—Yo fui la que le habló a la policía —dijo delante de todos—. Yo les dije que se lo llevaran porque era malo.

Our American Grandparents

El abuelo paterno de Victoria y mío nació en Nuevo Laredo. Entonces los presidentes eran Álvaro Obregón y Warren Harding. La familia de su papá era de Monterrey, ellos estuvieron allí desde que se fundó aquella ciudad durante la época colonial. La familia de su mamá era de Saltillo. Aquellos eran una familia muy grande. Muchos de ellos huyeron durante la Revolución, instalándose en San Antonio a pocas cuadras del sitio donde Francisco I. Madero había redactado el Plan de San Luis. Llegaron a aquella ciudad poco después de que asesinaron a Madero y Suárez en la capital, acto fulgurante y vulgar que fue el detonante de la siguiente etapa ardua, lenta y sangrienta de México. Pero el abuelo paterno no pudo haber logrado todo lo que le tocaba hacer sin constatar su primer acto y nacer en México.

Pasó su niñez cruzando la frontera, haciéndose bilingüe y trabajando con mucho esmero. Tenía una mentalidad muy proactiva y emprendedora. De joven trabajaba con el *Pan American Lumber Company* en Laredo. A los 20 años, se registró en Estados Unidos y enseguida fue enviado a luchar en la Segunda Guerra Mundial, asentado en Filipinas.

Había una foto en la que salió con su uniforme, con una dedicatoria a sus papás, firmada en 1943: "Para mis queridos padres con todo cariño de su hijo". Se veía tan, tan joven en la foto. No podía imaginar cómo había pensado tomar esa decisión, pero esa era una de las opciones viables de su tiempo. Suponiendo que uno regresara del conflicto, todo por delante estaría dentro de su alcance. Eran tantos de su edad que provenían de la misma frontera, que tomaron la misma decisión y que se inscribieron en el ejército estadounidense, que se tomaron la misma foto, que se despidieron de sus papás para ser mandados a luchar en el extranjero… Había tantos niños de su generación, disfrazados con el mismo uniforme, que no regresaron.

Había otra foto en la que salió con sus papás. Los ojos vislumbraban una aceptación muy tenue, casi una resignación. De allí en adelante, todos los pensamientos de su mamá y papá se iban a bifurcar entre la tristeza del adiós, el miedo de que no lo volverían a ver y el optimismo que caracterizaba su naturaleza y decisión.

Se fue a la guerra.

Ya terminada la guerra en 1945, le otorgaron dos cosas al abuelo paterno. La ciudadanía estadounidense, acto que se hizo oficial en octubre de 1945 en Filipinas, y transporte de regreso. Apenas tenía 23 años y había logrado algo tan extraordinario, algo que lo convertiría en héroe para muchas personas y por mucho tiempo. Pero esto no se logró con su regreso, sino con la decisión que tomó a los 20 años. De allí se entregaba al azar de las fuerzas exteriores y al gigante que era la Segunda Guerra Mundial. El hecho de que él o cualquier otro regresaría o no, tenía mucho más que ver con su suerte que con su propio albedrío, sin menospreciar que era un joven fuerte y sabio.

Regresó.

Se llamaba *Operation Magic Carpet* y su misión era regresar a millones de soldados estadounidenses a su tierra. El abuelo paterno siempre contaba la historia de su regreso. No hay mayor asombro o palabras para expresar lo que él hubiera sentido después de todos los meses de guerra, después de la bomba atómica que forzó la rendición y el fin, después de tanto tiempo esperando su turno y guardando paciencia para hacer el largo cruce de la última frontera que era el gigantesco Océano Pacífico, cuando por fin llegó el día en que divisaron en la densidad de la espesa neblina matutina al bellísimo Golden Gate Bridge, allí en toda su gloria ante la ciudad de San Francisco y la tierra firme que constataba su bienvenida a casa.

Regresó el 18 de diciembre de 1945, justo a tiempo para pasar la Navidad con su mamá y papá. Regresó a su mundo de antes, a su casa en la frontera. Regresó marcado por la gravedad de sus años en la guerra, ciudadano estadounidense, bilingüe y emprendedor, listo para darle con todo. Regresó y conoció por primera vez al amor de su vida.

Se casaron un lunes 4 de julio, plasmados felices ante un enorme pastel blanco, el resplandor del sol y su juventud, flanqueados por sus familiares. Allí se conocieron las dos bisabuelas de nuestro lado paterno. Los bisabuelos mexicanos, orgullosos papás de su hijo cuyo regreso a la frontera seguía sintiéndose como ayer, aún permeaban el cansancio de tantas noches en desvelo, sin recibir noticia, pero alentados y agradecidos por estar del otro lado de la guerra y la separación. La otra bisabuela, sobreviviente de sus propias tragedias, ahora desatada de su pasado en la otra frontera, celebraba caprichosamente cada momento del día, sin freno.

Eran una unión y un porvenir alentados por el pendón estrellado y el llamado del sueño americano, que les daba luz verde de allí en adelante. Una frontera cuyo ritmo se movía a la corriente del río y el sonoro rugir del cañón que resonaba más allá a poca distancia.

3 – *Una vez para siempre*

El Porsche y el tío París

Entró el verano de 1980. En aquellos días, Victoria y yo solíamos ir a nadar a la casa de los abuelos paternos en Eagle Pass. Era la mejor forma de mitigar el calor extremo. Caminaríamos hacia el puente, cruzaríamos juntos y al otro lado de la aduana nos estaría esperando uno de los abuelos paternos con su carro.

Un día nos estaba esperando el tío París con el suyo. Era un Porsche 924, rojo de transmisión manual, en donde apenas cabíamos. Nos arrinconamos en el carro y el tío le dio con todo por la Ceylon Street, apenas frenando para hacer la curva en 2nd Street, para darle hacia la Del Rio Boulevard y llegar a la casa. De frente se veía el buzón, un matorral alto y varios arbustos espinosos. El terreno iba cuesta arriba de la calle hasta la casa que era de ladrillo, con una puerta pesada de madera café oscuro. Nunca entramos por allí.

—Vénganse por acá —nos dijo el tío París, dirigiéndonos a la otra puerta que daba al jardín trasero. Ya lo sabíamos desde antes. Lo seguimos como nos había dicho, abrimos esa puerta y entramos.

—¡Felicitaciones! —los escuchamos al unísono. Allí en el calorón nos estaban esperando los abuelos paternos.

—¡Qué orgullo que ya van a pasar al quinto y al primer grado! —dijo el abuelo paterno, abrazándonos fuertemente.

Enseguida nos tuvieron unos regalos. Para Victoria una mochila roja y *La telaraña de Carlota* de E. B. White. Para mí una mochila verde y el *Little Professor Calculator* de Texas Instruments.

—¡Muchas gracias por todo! —les dijo Victoria.

Ya me imaginaba que a Ileana también le iba a gustar el libro de Victoria.

—Sí, ¡muchas gracias!

Las sombras se extendieron con languidez hacia el oriente, mientras nos sentamos con ellos en el jardín, en medio de la casa, la alberca y el bosque espeso.

—Me encanta este calor —decía la nana—, puedo pasar todo el día aquí en la sombra y en el agua…

—A mí no me gusta —dijo el tío París, estirándose en una silla de jardín—. Yo prefiero el otoño.

Su playera dejaba ver una larga cicatriz que tenía en el brazo izquierdo.

—¿Qué te pasó allí? —le pregunté.

—Fue la serpiente del bosque… —dijo, flexionando su bíceps.

—Ay, no empieces otra vez con esa serpiente… —le dijo la nana.

—Así fue. Hincó los colmillos en mi brazo mientras venía caminando del río. La tuve que jalar con el otro brazo y luego la golpeé con los pies hasta que quedó muerta.

—¡No seas mentiroso! Los vas a asustar…

—Ah, perdón… Solamente era una broma.

Entonces, la nana nos miró a los dos.

—¿Quieren tomar limonada?

—Sí, por favor —le dijimos.

—Sí.

—Qué bueno, tengo unos limones en la casa que les van a encantar…

De repente, escuchamos un estruendo que tuvo origen en la casa.

—¿Será el gato?

Los tres se levantaron y se metieron a ver lo que era.

—¿Qué fue eso? —le pregunté a Victoria.

—No sé —contestó, descartando el asunto.

La casa era para nosotros un mundo nuevo y desconocido. Todas las ventanas tenían las persianas cerradas, lo cual nos prohibió ver hasta dentro. Daba la impresión de ser un lugar oscuro, que guardaba secretos. No éramos desconocidos con los abuelos paternos, pero tampoco nos sentíamos como en casa.

—Vamos a ver lo que encontramos allá… —dijo Victoria, cambiando el tema.

El pasto se extendió en la dirección opuesta a las sombras, hasta que empezó a perderse en el bosque. Desde allí, solamente quedaban todos los matorrales, los arbustos espinosos y toda aquella multitud de hierbas, pozos, serpientes, abejas, zancudos, hormigueros y escorpiones para llegar al Río Bravo. Sin meternos en la densidad fuimos hasta la orilla del jardín para buscar ranas y chapulines. Una vez habíamos visto muchas ranas en las pantanosas madrigueras del invierno, lo cual me dio la esperanza de volver a encontrarlas. Pero ahora todo estaba reseco.

—¿Cómo te encuentras? —me preguntó Victoria—. Te ves muy acalorado…

No contesté. El sol y la humedad estaban pegando muy fuerte. Aunque estábamos acostumbrados al calor, no me sabía medir muy bien.

—Ven, vamos a meternos a la alberca… —dijo, llevándome de la mano hasta el otro lado del jardín. Había una manguera larga a un lado del pasto, que me hizo pensar en la serpiente del tío París. Casi me tropecé en la regadera, pero Victoria me guio de manera segura a la alberca. Ni me había dado cuenta de que estaba perdiendo el equilibrio.

Dejamos las prendas a un lado y nos metimos al agua, sentándonos en el lado menos profundo, donde había sombra. Sentí la rica sensación de la alberca y un poco después empecé a recobrar el equilibrio. Allí la pasamos tranquilamente, haciendo olas con los brazos y los pies.

No entramos a la casa esa tarde.

—Oí que la casa está embrujada —le dije a Victoria, ya que me estaba sintiendo mejor.

—¿Dónde oíste eso?

—De los amigos del tío París. Por eso nunca nos dejan entrar.

—Esas nada más son leyendas, no les hagas caso.

Un rato después salió el abuelo paterno con una charola, donde llevaba un jarro de limonada y dos vasos. También traía unas toallas. Todo eso lo dejó sobre una mesa. Entonces sirvió la limonada a su ritmo, constatando que los dos vasos eran iguales, y nos trajo un vaso a cada uno.

Me lo acabé en tres segundos.

—Parece que te gustó… ¿Quieres más?

—Sí, por favor.

—¿Qué tal?

—¡Está bien rica y bien fría!

—Qué bueno. Los chiles rellenos pronto van a estar, si quieren empezar a secarse en diez o quince minutos, pueden pasar a la cocina cuando estén listos.

Era un cuarto chico y rectangular, con una ventanilla hacia el jardín que dejaba entrar poco sol. Para compensar, había mucha luz artificial. El abuelo paterno, Victoria y yo nos sentamos alrededor de la mesa redonda, donde había cinco sillas, pintadas de distintos colores. El azar siempre nos dirigía al asiento adecuado para la ocasión. Esta vez, yo me senté en la silla roja y Victoria en la anaranjada. Empezaron a salir los chiles rellenos de picadillo, que eran sumamente deliciosos. Entonces salieron las sopaipillas con miel, que estaban recién fritas y bien calientes.

—Es la especialidad de la casa —dijo el abuelo paterno, con mucho orgullo.

La nana se ruborizó y le pegó en el hombro.

—Todo es muy delicioso —dijo Victoria—. ¿Cómo haces las sopaipillas?

—Es una receta de mi abuela de Nuevo México, tu tatarabuela de mi lado. Otro día te la voy a pasar.

—Sí, me encantaría. Qué ricas están…

La cocina de la nana era de otro mundo. Seguimos comiendo por un tiempo, con las manos todas pegajosas.

Después de la cena, los abuelos paternos se despidieron de nosotros y nos subimos al carro del tío París con nuestras mochilas. Estaba muy orgulloso de su carro, que logró comprar usado de un amigo. Cada dos viernes que le pagaban se la pasaba fanfarroneando que se le iba todo el sueldo en saldar la deuda del préstamo. De lo poco que le quedaba se lo gastaba en gasolina, música y comida rápida. El tío puso un casete de los Scorpions y subió el volumen hasta el 10. En vez de tomar la ruta directa al puente, nos desviamos por la Del Rio Boulevard, dando la vuelta por la carretera 277 que rodeaba el noreste de la ciudad. Como no había casi nada en este trecho, el tío París se la pasó volando, llegando a 80 millas por hora en el tercer cambio, con el taquímetro casi llegando al rojo. Metió el pedal de embrague para cambiar de velocidad, mientras volteó abruptamente a la derecha en Main Street. Sentí que se iba a volcar nuestra cena e incluso todo el carro.

Apenas íbamos en la tercera canción del casete cuando nos dejó en el puente.

—¡Gracias por venir! —nos dijo entusiasmado—. ¡Nos vemos pronto!

Nos bajamos y lo vimos acelerar como un adicto a la adrenalina, para seguirle dando con todo. Agradecimos haber llegado vivos al puente y disfrutamos la tranquilidad que nos brindaron los minutos que tomamos para cruzar y regresar al otro lado.

Pasando al primer año

Ya terminados los meses de verano, empezamos el nuevo año escolar. Victoria y yo nos despedimos de la abuela y nos enfilamos hacia el puente con nuestras nuevas mochilas, llenas de todos los útiles escolares y los lonches.

Unos días antes habíamos recibido las listas de todo lo que íbamos a necesitar para la escuela: carpetas, tabletas de papel, cuadernos, pañuelos, tijeras, pegamento, gomas, sacapuntas, una regla, hojas de colores, lápices de colores y lápices número 2. Victoria ya contaba con muchas herramientas. No obstante, la abuela nos llevó de compras para pasar el día y hacerlo divertido entre nosotros. Había una librería y papelería en Piedras Negras, en donde compramos los cuadernos y los lápices. Todo lo demás lo conseguimos en la tienda Kress, en el centro de Eagle Pass.

Llegamos a la escuela y entramos al edificio principal por la Washington Street. Allí estuvimos en el pasillo infinito, que se extendía hacia la Commercial Street. El pasillo siempre me daba la impresión de ser como una pista muy larga, que permitía acelerar, despegar y volar justo antes de llegar al río. Pasando las oficinas administrativas, mi salón era el primero del lado izquierdo, cerca del baño de las niñas. Después venían todos los otros salones de los niños y niñas más grandes, incluyendo el de Victoria. Al fondo estaba el baño de los niños, una fuente de agua y dos máquinas de sodas que dispensaban una lata fría por 50 centavos o, a veces, cuando fallaba la máquina, sin cobrar nada. Por fin estaban las dos puertas al lado extremo del pasillo.

Éramos un salón de 17 niñas y 17 niños, casi los mismos del kínder. Ya no teníamos las mesas cuadradas, sino escritorios individuales que contaban con un lugar para guardar la mochila, los cuadernos y todos los artículos escolares. Esto me sirvió bastante para no tener que andar llevando tanta cosa entre la escuela y la casa todos los días.

A mi izquierda, Verónica tenía una caja de Snoopy donde guardaba todos sus lápices y gomas. Ella parecía tener todas sus cosas muy bien ordenadas. A mi derecha, Alonso sacó una tableta grande de papel[1] que decía "BIG CHIEF" y la puso sobre su escritorio. Destacaba una imagen de un guerrero indígena con un penacho, sobre un fondo rojo.

Todos los días empezaron con los anuncios, que hicieron eco a través de los salones por el sistema de audio. Anunciaban la fecha y luego decíamos una oración y el juramento a la bandera, mientras le prestábamos

---

[1] En algunos lados se les conoce como "bloc de notas". (N. del E.)

atención a la cruz que colgaba en la pared y a la bandera estadounidense que estaba a un lado del pizarrón.

Nuestra maestra era la sister Kathleen de Irlanda. Ella aportaba todo un nuevo conocimiento que fue plasmado en la riqueza de su enseñanza. Aunque ahora la expectativa quedaba clara: todo era en inglés. Los libros y la metodología también eran estadounidenses. Pero, como antes, la realidad seguía presentándose sin explicaciones y todo revertía a nuestra dualidad, con los toques aleatorios provenientes del entorno. Empezamos a trabajar mucho con los números, los colores y las letras. Estas eran como las piezas fundamentales para hacer todo. Dedicamos mucho tiempo y muchas páginas a las letras de molde, que escribimos en mayúscula y minúscula. También pasamos mucho tiempo contando, sumando y restando. Con mi calculadora aprendí a multiplicar y dividir. De allí empecé a ver todas las combinaciones y ecuaciones que existían en la sociedad, en los relojes, en la naturaleza y en todas partes. Hasta que no pude dejar de verlas.

La familia cayó en muy buen ritmo que se alineaba con el horario escolar. Todas las tardes nos sentábamos en el comedor para hacer la tarea. La abuela siempre estaba vigilando, para ayudarnos y asegurarse de que la hiciéramos bien.

—Primero lo primero —solía decir la abuela—, después de la tarea pueden salir a correr y a jugar.

Victoria siempre era muy lista y proactiva. No se le dificultaba hacer la tarea. Cuando terminaba, ella se quedaba con nosotros y se dedicaba a sus proyectos de arte. Sacaba lo que necesitaba: papel de construcción, tijeras, lápices de colores y empezaba a trabajar. Hacía de todo, figuras en dos y tres dimensiones, dibujaba rostros, creaba escenarios, edificios y adornos. Si le gustaba el resultado, iba a pegarlo en la pared. Allí se quedaba unos días o unos meses hasta que ella decidía que había pasado su tiempo. Todo esto lo hacía con mucho cuidado y esmero.

Ileana siempre llegaba con tarea de matemáticas muy avanzada. A ella le gustaba lidiar con los números primos, números reales e irreales, ecuaciones, gráficas de puntos, líneas y curvas, y toda la geometría. Siempre me gustaba ver lo que ella estaba haciendo para fijarme en todo lo que no sabía, imaginando que algún día me iban a enseñar lo mismo. Cuando ella terminaba la tarea solía meterse en un libro. Le encantaba leer novelas e historias, en español y en inglés.

Antonio, en cambio, solamente quería jugar. Siempre llegaba a la mesa comunal con una miniatura de Superman o Batman. Cuando le tocaba hacer aritmética, siempre me pedía usar la calculadora que me regalaron los abuelos paternos. Pero la abuela no lo dejaba usarla.

—Tú te tienes que saber todo esto aquí arriba —le decía, dándole unos toques suaves en la cabeza—. Tú no necesitas calculadora.

Él estaba obsesionado con los superhéroes. No sé si era más la edad o la época, pero nunca dudaba en la verosimilitud de que los superhéroes existían y eran sumamente buenos.

—Fíjense que a cada uno de ustedes les guarda algo muy especial el destino —nos dijo la abuela en un momento de reflexión personal, llena de orgullo y sinceridad—, por eso hay que leer y escribir y sobresalir en los estudios.

Una tarde estábamos sentados en el comedor cuando la tía Viviana nos enseñó su libro de primer año del Colegio México. Se llamaba *Felicidad*. Había una parte casi al final, que se llamaba "Historia", de pocas páginas. La tía Viviana nos leyó esa parte del libro.

Había una historia de Tenochtitlan y los aztecas. Había una de libertad y del cura Miguel Hidalgo y Costilla. Había otra historia dedicada a La corregidora, doña Josefa Ortiz de Domínguez, y su lucha para conseguir la Independencia.

Terminó de leer y me puse a mirar los dibujos en el libro.

—Todavía no nos han enseñado esto en la escuela —dije, suponiendo que eso iba a llegar otro día, como las matemáticas avanzadas de Ileana.

—¿Qué les están enseñando?

—Un poco sobre la historia de George Washington, Paul Revere y el 4 de julio.

—Es que les están enseñando la historia de Estados Unidos.

—¿Acaso les enseñan la misma historia de Estados Unidos en el colegio? —preguntó Victoria.

—Pues no exactamente —dijo Ileana—, aunque sí sabemos del nuevo presidente Ronald Reagan.

—Ja, ja, ja. Pues entre lo que ustedes saben y lo que nosotros sabemos, ¡debemos de saberlo todo!

—Ja, ja, ja. Sí.

Estaba asimilando con mucho interés todo lo que nos enseñaba la sister Kathleen, pero al mismo tiempo me quedé muy interesado en lo que contaba el libro de la tía Viviana. Ambas historias venían de lejos y del pasado. Ambos lados parecían relevantes a nuestro entorno, pero no encontraba el vínculo y no había manera de relacionar las dos enseñanzas. Apenas era el inicio. La frontera era gruesa.

—Tal vez me van a enseñar estas historias en segundo o tercer grado —dije, con optimismo.

—Sí. Igual aquí tienes el libro y allí está la enciclopedia. En la recámara están los demás libros que cuentan la historia de México. Los podemos leer cuando quieras.

Llegó un día que para mí era singular. Era viernes y ese día no necesitábamos llevar uniforme a la escuela. Entonces destacaron todos los otros colores que no eran el azul.

Hubo un momento en que Sarita volteó a verme y, sonriendo, pegó una calcomanía en mi cuaderno. Era un movimiento muy elegante que hizo con esmero, asegurándose de que quedó bien pegada a su gusto. Todo el tiempo se tergiversó, como si hubiera recobrado un nuevo eje. Sentí el latido acelerado de mi corazón y quedé completamente dentro de la esfera de su gravedad. Miré mi cuaderno y vi que había pegado un corazón amarillo. Me enamoré al instante. Entonces regresó su mirada hacia delante con la misma gracia. Llevaba un chaleco blanco y su peinado era muy bonito, con dos trenzas largas que caían suavemente hasta la mitad de su espalda, atadas con unas ligas finas de colores.

Esa tarde vino a recogernos el abuelo paterno y nos llevó por unos helados al Dairy Queen en Main Street. Enseguida, notó que algo me había impactado.

—¿A ti qué te pasó? —me preguntó—, ¡parece que algo te picó!

Me quedé todo ruborizado sin decir nada.

Victoria y yo compartimos un *banana split* con dos cucharas y el abuelo paterno se comió un helado de chocolate con chispas. Entonces, nos habló en tono serio.

—Ustedes me tienen que ayudar. Es que la nana me prohíbe todo el postre si no es de su cocina, pero yo los quería traer aquí.

—Ja, ja. ¿Por qué sí te permite comer el postre de su cocina?

—Porque esas son las recetas sagradas de sus ancestros.

—Ahora entiendo. No hay problema —le aseguró Victoria con una sonrisa—, nosotros podemos guardar el secreto.

—Gracias —nos dijo con un guiño—, estamos muy orgullosos de los dos y se lo merecen.

Mientras compartimos el postre, no pude dejar de sonreír u ocultar todo lo que sentí. Cerré los ojos e hice unos movimientos repentinos de pura felicidad. Solamente quería sacar el cuaderno y mirar el corazón amarillo. En mi mente, estaba luciendo aquel amarillo en todo su resplandor. Era tan fuerte que empujaba hacia atrás a todos los blancos y grises que nos rodeaban.

Entonces, el abuelo paterno nos llevó al puente. Le volvimos a dar las gracias y asegurarle que su secreto estaba seguro con nosotros. Salimos del carro y cruzamos juntos, como habíamos hecho tantas veces antes.

—Ellos están pagando todo —me dijo Victoria, ya que casi íbamos llegando a la casa.

—¿Qué?

—Los abuelos paternos. Ellos están pagando para que tú y yo vayamos a esa escuela.

—¿En serio?

—Así es… Por eso Ileana y Antonio están en el Colegio México, que también es muy bueno. Allí fue la tía Viviana. Allí es donde hubiéramos ido tú y yo.

Pasamos un rato caminando en silencio.

—No sabía.

—¿Te gusta la escuela?

—Sí, me gusta… —dije, todavía pensando en Sarita—. Me encanta.

—Es por ellos.

Descubrimiento

La puerta exterior rechinó.
—¡Ya llegó, ya llegó!
—Soy yo.

Me desaté como un relámpago corriendo hacia el comedor.

—¿Qué tal, cómo te fue? —llegó la abuela, dándole un beso.

—Bien. Emilio les manda saludos a todos.

Dejó la maleta a un lado, abrió su portafolio y luego dejó las tres copias de *El Nacional* caer sobre la mesa.

—Vénganse todos —declaró, muy animado—, les traigo noticias de la Ciudad de México.

Empezamos a llegar todos a ver lo que era.

—Vengan, ¡les traigo noticias!

Solamente el tío Esteban ya estaba al tanto del descubrimiento. Para los demás era novedad.

—Escuché a Portillo haciendo el anuncio por la tele —dijo el tío con languidez—, ha de haber sido cerca de donde estabas.

—Sí, de hecho yo estaba a unas cuadras del sitio.

El abuelo se puso a leer el anuncio de la primera plana: "Descubren un Tejo de Oro, Dramático Testimonio de la Identidad Nacional. El Anuncio del Hallazgo lo Hizo Personalmente JLP —ese es el presidente de la República, José López Portillo—, se localizó en Soto, frente a la Alameda."[2]

Todos nos unimos alrededor de la mesa comunal.

—¿Qué fue, qué fue? —pregunté.

—Acaban de descubrir un tejo de oro en una obra de construcción —hablaba el tío—. Aquí dice que pesa 1.930 kilogramos y que tiene 26.5 centímetros de largo… ¡Lo encontraron a 4.80 metros de profundidad! Imagínense…

—¿Y cómo llegó a estar allí donde lo encontraron? —preguntó Victoria.

—Eso sucedió en La Noche Triste de junio de 1520.

—Los invasores se robaron todo el oro de México en La Noche Triste —dijo el abuelo—, pero esta pieza se les cayó.

—Exactamente. Se cayó durante la huida de Hernán Cortés, de las Casas de Axayácatl en Tenochtitlan. Se cayó en el lago de la ciudad antigua, que ahora corresponde al Centro Histórico de la Ciudad de México. Eso fue hace 460 años. ¡Ha estado enterrado todo este tiempo!

—¿Por qué era triste esa noche? —pregunté.

—¿Fue triste porque perdieron el oro? —preguntó Antonio.

—Así la llamaron los españoles, porque fueron fuertemente atacados esa noche y tuvieron que huir de Tenochtitlan. Muchos de ellos murieron esa noche. Casi fueron derrocados.

---

[2] *El Nacional*, 26 de marzo de 1981.

—Pero ellos no eran de Tenochtitlan. Supongo que no fue triste para los indígenas —remató Ileana—. Para ellos era pura resistencia.

Todos acordamos tácitamente con ella.

El tío fue a tomar el volumen T de la enciclopedia. Fue a buscar la entrada "Tenochtitlan", pero este lo dirigió a la entrada "Azteca", como si fuera un enlace del mundo digital por venir. Tomó enseguida el volumen A…

—Aquí lo están llamando: "El primer descubrimiento del tesoro de Moctezuma" —decía el abuelo, leyendo el diario.

Todos nos quedamos boquiabiertos, mirando las fotos que salieron en primera plana, contemplando la novedad.

—¿Hay otros tejos de oro que se cayeron esa noche? —preguntó Ileana.

—Difícil saber —intercaló el tío—, pero es muy probable que sí. Hay tantos tesoros antiguos que todavía están enterrados en la Ciudad de México y en todo el territorio. Muchos han sido encontrados, pero hay que suponer que hay muchos más, que hasta la fecha no se han descubierto, que todavía yacen bajo el polvo.

—¿De quiénes eran los tesoros? ¿Los aztecas?

—Sí, de ellos, pero también de los mayas, los olmecas y de todos los otros pueblos que son menos conocidos.

—¿Qué idiomas hablaban?

—Hablaban náhuatl, maya, otomí, purépecha, mixe. Hay muchos más.

—¿Todavía se hablan?

—Sí. Son los idiomas de México.

—¿Y quiénes eran?

—Son las tribus que llegaron hace miles y miles de años. Estuvieron aquí por mucho tiempo antes de que llegaran los españoles y descubrieran estas tierras para los europeos.

—¿Y quiénes son sus hijos y sus descendientes?

—Somos nosotros los mexicanos.

Aquí hubo silencio.

—¿Qué dice la enciclopedia, tío? —preguntó Victoria.

—No nombran específicamente a La Noche Triste, pero sí hacen referencia a lo acontecido. Aquí dice que hubo una rebelión azteca en 1520, que impulsó la huida de los españoles. Después, regresaron en 1521 para derrotar a Cuauhtémoc y realizar la conquista.

—¿Y dónde pasó todo esto del tejo de oro?

—Pasó en México-Tenochtitlan. Eran dos partes. La primera parte, que es La Noche Triste cuando se cayó el tejo de oro durante la huida de Cortés, fue en Tenochtitlan en 1520, en el Lago de Texcoco, que se secó con el tiempo. La segunda parte, que es el descubrimiento del tejo, fue hace unos días en la Ciudad de México.

—Es allí, en el mismo corazón de México —dijo Victoria.

—Imagínense, ¡se quedó enterrado por todo este tiempo! —dijo Ileana.

—¿Y ahora de quién es el oro? —pregunté.

—Es de todo México.

Hubo más silencio. Entonces la conversación se deterioró entre los de mi generación.

—¿Esas cosas pueden pasar aquí? —pregunté, pensando en los tesoros.

—No, aquí no pasan esas cosas —dijo Antonio—, aquí no pasa nada.

—¿Cómo qué no? —preguntó Ileana.

—Todo lo que es interesante pasa en la Ciudad de México o en Estados Unidos, nunca va a pasar aquí.

—Pero en Eagle Pass tampoco pasa nada.

—Ja, ja, ja, ¿qué Eagle Pass? Estoy hablando de las ciudades grandes, más allá. Nueva York. Los Ángeles.

—Pero esto no tiene nada que ver con Estados Unidos —insistió Victoria—. Es patrimonio de México.

—¿Qué quiere decir patrimonio? —pregunté.

—Que es de todos —resumió ella.

Esa noche yo tomé uno de los tres diarios y me lo llevé a la recámara de más camas. Lo leí y lo volví a leer, imaginando todo lo que aún yacía entre las capas del tiempo discurrido y de tierra.

Queríamos llegar a una nueva consciencia de las cosas, pero no entendíamos cómo se debía de relacionar tal tristeza dentro de nuestra historia. ¿Acaso pertenecía esa tristeza al patrimonio mexicano? O sea, ¿el de todos?

La Noche Triste era como algo que perteneciera a los albores de la casa, proveniente de la misma obscuridad que marcaba todo lo que sucedió antes de mi nacimiento, que pertenecía a las raíces de todo el mundo que conocí, de la propia casa, de toda esa historia de México.

Victoria, Ileana, Antonio y yo nos estábamos haciendo más conscientes de nuestra historia, y a partir de entonces empezamos a mirar las cosas con una perspectiva antropológica. Pero aquel era otro camino. Por mientras, para la siguiente Navidad le pedí a Santa Claus que me trajera una pala y una cubeta para empezar a buscar los tesoros de Moctezuma.

La fiesta y la tía Ronda

El siguiente otoño, la tía Ronda compró la casa en Webster Street en Eagle Pass. Ahora yo iba en segundo grado. Quedaba muy cerca de la casa de los abuelos paternos, de la escuela, de la iglesia, de Main Street. De todo. Enseguida ella puso manos a la obra. Quitó los linóleos de la cocina y los baños. En su lugar, instaló unos azulejos con un motivo geométrico que evocó los fractales recurrentes en la naturaleza. También instaló nuevas alfombras, la pintó toda por dentro y por fuera, y compró dos juegos de columpios para el jardín trasero. Tan pronto tuvo todo listo, nos invitó a cenar.

El tío París vino a recogernos en el puente, pero antes de ir a la casa fuimos por la cena al nuevo McDonald's en Main Street, que justo en aquellos días se estaba estrenando para todo Eagle Pass y Piedras Negras. El restaurante era una novedad para nosotros. Su llegada empezó a vincularnos a la fábrica algo más elusiva del norte y daría la entrada a más franquicias en los años siguientes. Nos dio tanto orgullo contar con un McDonald's en la frontera.

Después de la cena nos enseñó el jardín, que era enorme. Saliendo por la puerta trasera, había una parte de concreto cuadrangular con una parrilla que estaba rodeada de árboles. A un lado había un cobertizo. Al otro lado se abría todo el terreno donde estaban los columpios, algunas palmeras y amplia tierra para correr o jugar algún deporte.

—Qué bonito es todo —dijo Victoria, paseándose entre las palmeras.

— Sí —añadí—, con este jardín pueden tener unas fiestas muy grandes…

A la tía Ronda no se le dificultaba nada.

—¡Qué buena idea! —dijo ella, como si ya lo hubiera pensado—. Vamos a tener una fiesta este otoño, para celebrar todos los cumpleaños.

—¿Y cómo se va a hacer todo eso? —preguntó Victoria.

—Déjamelo a mí, yo me encargo de todo.

Era el inicio de un nuevo ritual y tenía mucho sentido, ya que el otoño era la estación de la mayoría de los cumpleaños en la familia. A partir de ese año, tuvimos una enorme fiesta en la casa de la tía Ronda.

Todos fueron invitados. La familia, los amigos y amigas de la escuela, las maestras, los vecinos. Para acomodar a tanta gente rentamos 120 sillas plegables de acero que decían "Tome Coca-Cola" y las colocamos alrededor de todo el jardín.

Había de todo en la fiesta. La tía Viviana se encargó de los pasteles. Uno de limón, uno de chocolate, un volteado de piña. Los abuelos trajeron todas las botellas de Coca-Cola de Piedras Negras. El abuelo paterno se encargó de las piñatas. Había un barril de cerveza, tamales, frijoles, hamburguesas y perros calientes. Así de sencillo y nada faltaba.

¡Arrancaba la fiesta!

La tía Ronda se sentó enseguida de la tía Viviana, quien se sentó enseguida de las hermanas Luisa y Rosita Hernández, quienes se sentaron enseguida de la abuela. A un lado se acomodaron un grupo de niños: Alonso, Brenda, Chuy, Pablo, Ulrike y Verónica, todos esperando su turno, mientras Cristina le pegaba a una piñata de estrella. Al otro lado, se habían instalado otro grupo de once niños, más cuatro mamás y dos papás. Aún más allá, casi en donde estaban las palmeras, estaban jugando un tira y afloja otro grupo de 12 niños vigilados por el tío Ricardo. La señora Benavides y Mercedes se sumaron a la conversación con la abuela y las hermanas Hernández. Otro grupo de niñas empezaron a perseguir a un saltamontes, que parecía volar sobre el pasto sin que fuera afectado por la gravedad, más allá de la vigilancia de los papás.

En un tiempo, llegaron un grupo de muchachos desconocidos, que anduvieron en bicicletas, con unas navajas y pistolas de aire. Esto no pasó desapercibido para la tía Ronda, quien llegó directamente con el tío París. Él y sus amigos eran karatecas, levantaban pesas y les encantaba la bronca. Para ellos, era deporte.

—Vayan y hablen con ellos —les pidió—, la fiesta es para los niños y niñas. No queremos problemas.

—Al tiro.

Hubo un breve acuerdo entre todos y luego llegaron directamente con los muchachos para imponerse, primero hablándoles diplomáticamente para no agitar la fiesta. Hubo unos segundos en que los muchachos se quedaron viéndolos fijamente, calando el escenario, quizás dispuestos a resistir. Pero el tío París y sus amigos se mostraban listos para darles con todo. No obstante, les habían dejado la salida fácil. Los muchachos reconocieron esto y se marcharon sin provocar mayor escándalo.

Al otro lado de la fiesta, el abuelo paterno seguía vigilando la piñata para asegurarse de que los pequeños se mantuvieran a una distancia del escenario, ahora que Alonso le estaba pegando con todo. Verónica se quedó mirando desde lejos, con las manos en las caderas, el cabello bien acomodado en un moño, esperando su turno con la paciencia de una niña más grande.

El tío Esteban y la tía Ana encendieron unos cigarrillos, él, Raleigh, ella, Viceroy, y se pusieron a platicar. Llegaron algunos colados del vecindario para aprovechar el sol y la piñata, y para comerse unos perros calientes. El tío París y sus amigos se la pasaron entre la parrilla y el barril, riéndose de los muchachos revoltosos que habían llegado antes, atiborrándose de todo lo que había con pleno regocijo. Llegó una vecina que era de la edad del tío, quien llamó la atención de todos sus amigos. Y por fin llegó el desenlace feliz: los pasteles, que se repartieron entre todos.

La primera fiesta en la casa de la tía Ronda había sido un éxito rotundo.

Unos días después de la fiesta, el lugar donde rentamos las sillas dejó de existir. Nunca regresaron a la casa para recogerlas. Aprovechando esta buena fortuna, la tía Ronda guardó las 120 sillas plegables en el cobertizo, para volver a sacarlas en la próxima fiesta otoñal.

Como decía la abuela: "El que se fue a la Villa, perdió su silla".

La devaluación y los huevos con win

La primera devaluación llegó en los años 70. El dólar siempre había estado a 12.50 pesos y de repente la tasa subió a 25 pesos por un dólar. Este cambio pegó muy fuerte en la frontera. Para los mexicanos, esto quería decir que tenían que pagar el doble cuando iban de compras a Eagle Pass. Igual a los comerciantes les afectó mucho.

—Si no fuera por toda la gente de Piedras, ya hubiéramos cerrado —decían los comerciantes y los que tenían un negocio familiar.

La tasa encontró un nuevo equilibrio por unos años, pero la crisis no paró allí. Después llegaron una nueva serie de devaluaciones.

Un día estaba jugando en el sendero de atrás de la casa cuando vi algo que yacía semienterrado en la tierra. Me acerqué. Era un peso de Morelos, de 1971. Cuando fui a sacarlo, vi que había otra moneda a su lado. Esta era de veinte centavos, de 1952, con la Pirámide del Sol en Teotihuacan. No era todo.

Alejé la vista y vi que había muchas monedas allí tiradas en el suelo. No sabía por qué estaban allí, pero tampoco me dilaté mucho en contemplarlo. Simplemente las recogí. Cinco centavos de doña Josefa Ortiz de Domínguez, de 1959. Cincuenta centavos de Cuauhtémoc, de 1967. También cinco pesos de la serpiente emplumada Quetzalcóatl, de 1980. Otros cinco pesos, de Vicente Guerrero, de 1971. Todavía no eran los Nuevos Pesos Mexicanos (MXN), sino los Pesos Mexicanos (MXP) anteriores, cuyo valor era 1/1000 de los nuevos.

Las tomé y me desaté como un relámpago para enseñárselas a todos.

—¡Encontré unas monedas tiradas en el suelo!

—Han de ser los tesoros de Moctezuma —dijo Antonio en broma.

—Ayer valían más y mañana van a valer menos —dijo Ileana, casi menospreciando el descubrimiento que yo había hecho.

—¿Por qué?

—Es por la inflación…

—¿Qué es eso?

—A ver cuánto tienes —se puso a contar las monedas en mi mano—, cinco, diez, once, casi doce pesos. Antes esos doce pesos eran casi un dólar, pero ahora solamente valen unos centavos estadounidenses. Y la tasa sigue empeorando.

—¿Por qué?

—La mayoría de la gente es muy buena y muy trabajadora —aclaró el abuelo—, pero también hay unos rateros.

—Todavía faltan todas las monedas de plata de la bisabuela —dijo Victoria—, esas monedas jamás van a perder su valor intrínseco.

La abuela entró de la cocina al escuchar esto.

—Mamá tenía muy bonitas joyas y reliquias y monedas del pasado. Pero todo eso se perdió en la inundación.

—¿Sabes cómo se perdieron?

—Pasamos mucho tiempo buscando y buscando, después de que ella falleció. Buscamos por todos lados, pero nunca volvieron a aparecer.

Me explicaron cómo funcionaba la tasa de intercambio, el dinero fiat y la inflación. A partir de entonces, empecé a fijarme cómo iba cambiando la tasa cada vez que cruzaba el puente y pasaba por las casas de cambio. Incluso todas las tiendas y los negocios decían a cuánto iban a aceptar el dólar. Conforme iba viendo que aquellas monedas valían menos con el pasar de cada día, súbitamente decidí enterrarlas para dejarle un misterio a la siguiente generación.

Fui al jardín trasero y cavé dos hoyos en la sombra de los laureles, paralelo a las patas traseras del andamio de los columpios. Excavé lo más profundo que pude con la pala que me trajo Santa Claus y luego las enterré, dejando el peso de Morelos y la serpiente emplumada en un hoyo y todas las demás en el otro.

Unos días después llegaron el tío Florentino y la tía Rosita con toda *La familia Burrón*. El tío Florentino era dentista, pero taciturno y bien huevón. Se pasaba los días dormido o inventándose excusas. Aún la hacían en los tiempos anteriores, debido al empeño de la tía Rosita, pero ya que llegaron a pegar las nuevas rondas de devaluaciones no tenían esperanza. Cuando no la hicieron en Nuevo Laredo llegaron a Piedras Negras, a la casa de los abuelos.

Los abuelos los recibieron con mucho amor, siempre había lugar y comida para ellos. Para dormir, nos acomodamos sencillamente entre todos. El tío Florentino, los nuevos primos, Antonio y yo dormimos en la recámara de muchas camas. Además de todas las camas, también había un catre, que se instaló en medio de la recámara. Las nuevas primas durmieron en la recámara de más camas con Ileana y Victoria. Allí había suficientes camas para ellas. Las dos bebés durmieron en la cuna, que se pasó a la sala, donde la tía Rosita durmió en el sofá modular. El tío Esteban aprovechó la situación, adaptando su ritmo social y pasándose entre el domicilio del tío Ricardo y la tía Ana, y el techo que albergaba el tío Cristiano, que quedaba a pocas cuadras de allí.

Los nuevos primos eran buenos para comer. Le entraron con gusto a los guisados, al arroz y a los frijoles de la abuela. Todos los días se comían un montón de pan, pilas de tortillas, bolsas enteras de chocolates y una cantidad inimaginable de pastel. También eran buenos para cocinar. Los huevos con win[3] eran su desayuno favorito. El primo mayor se llamaba Azúcar, o al menos así le decíamos. Siempre se levantaba temprano y hacía los huevos para todos. Le echaba mucho aceite al sartén, ponía el cerillo al gas para prender la hornilla y le daba con todo. Enseguida, echaba toda la salchicha entre las chispas ardientes de aceite, mientras prendía otra hornilla para calentar las tortillas y hacerlas crujientes. No tardábamos en llegar todos dormilones a ver lo que hacía, salvo el tío Florentino y los abuelos, quienes seguían durmiendo.

—Hola, hola, buenos días —anunciaba con un entusiasmo que no estábamos acostumbrados a ver a tal hora—. Hoy hay desayuno. Hay huevos con café. ¿Gustan?

—Sí, sí, por favor.

—Bueno.

---

[3] "Win" o "wini" es como conocen en algunos estados del norte de México al embutido de salchicha. (N. del E.)

El primo Azúcar se puso a cascar todas las yemas sobre la salchicha bien bañada de aceite, revolviéndolo con queso, la sal y la salsa tricolor. Entonces nos acomodamos alrededor de la mesa comunal para desayunar los huevos con win al estilo de los primos, con rajas de jalapeños, tortillas crujientes, pan integral, salsa de tomate y para tomar café o un batido de Choco Milk.

El primo Azúcar era muy dedicado a la familia. Jugaba con sus hermanos y hermanas, les hacía de comer, les enseñaba cosas. También ayudaba mucho en la casa, era muy hábil y tenía mucho conocimiento. Sin que le pidieran se ponía a barrer y trapear, planchaba ropa, limpiaba la cocina, hacía mandados para la abuela. Gozaba la vida y se divertía mucho haciéndolo a su estilo, bromeando y siendo algo travieso, pero con buenas intenciones. Al final de cuentas, tenía un enorme corazón.

Todo esto duró dos meses, hasta que el tío Florentino logró conseguir trabajo y se empezaron a levantar. Eran tiempos difíciles. No obstante, allí se recibía a todo mundo en la casa de los abuelos y el primo Azúcar parecía conseguir toda su energía de los huevos con win.

La biblioteca y la experta

Un sábado me levanté con los sonidos de la calle y los vehículos que se estaban formando para llegar al puente. No eran los primeros sonidos leves que daban la entrada al nuevo día, sino los más fuertes que ya correspondían a las 9 o 9:30 de la mañana. No obstante, toda la casa seguía dormida. Las ventanas y las puertas estaban cerradas. Las cortinas gruesas amortiguaron el volumen y mantuvieron las recámaras bien oscuras, resguardando los sueños de todos.

Me deslicé de la cama. Desperté a Ileana de puntillas y tuvimos mucho cuidado en no hacer ruido. Nos alistamos y poco tiempo después salimos de la casa sin despertar a nadie. Conseguimos pan dulce en la panadería de la calle Zaragoza. De allí, le seguimos dando hacia el puente. Había un poco de todo en el camino, lo que había todos los días. Unos niños vendiendo chicles y diarios en la calle, algunas personas pidiendo limosna, unos señores boleando zapatos en la plaza, personas de la tercera edad, niños que llegaban a los carros a limpiar los parabrisas, gente tomando el aire libre, los peatones que iban y venían, un muchacho que le chifló a Ileana desde lejos, algo que aprendimos hace mucho a ignorar…

Cruzamos el puente y nos fuimos caminando por la Adams Street y la Main Street. Era muy bonito el día, soleado, sin calor ni frío. Un rato después llegamos a la Biblioteca Pública de Eagle Pass. Era un edificio grande, cuyas columnas, arcos, ventanas y paredes eran muy distinguidos. Entramos y lo sentimos como un sitio fantástico y mágico, lleno de curiosidad. Por el silencio, por los libros, por las historias. Resaltaron todas las columnas de libros, que eran gigantes e interminables.

Yo había estado allí unos días atrás con mi salón de tercer grado. Nos habían dado un recorrido por todos los pasajes, destacando cómo los libros estaban organizados. Nos enseñaron el sistema de Clasificación Decimal Dewey. También nos otorgaron una tarjeta de biblioteca, para que pudiéramos acceder a todos los libros de su colección y llevarlos a casa. Como el día era bonito, había poca gente en la biblioteca aquel sábado. Un señor paseándose entre los pasillos, curioseando sin mayor intención. Un joven que se había metido en la serie de libros *Encyclopedia Brown* por Donald J. Sobol. La bibliotecaria que iba acomodando los libros en los estantes, sin prisa.

Destacaba una persona que llevaba anteojos de plástico, sentada en una mesa con una pila de libros frente a ella. Estaba tomando notas y trabajando muy diligentemente, pasándose entre las páginas de varios libros a la vez, mirando un mapa, consultando índices, moviéndose entre todo con destreza. Parecía que toda la potencia de la biblioteca estaba siendo utilizada por ella. Además, sus anteojos eran exactamente como me imaginaba los anteojos de La niña, antes de que se le cayeran en el río. Llevé a Ileana por los mismos pasillos que nos habían enseñado en el día de excursión. También nos desviamos entre todos los rincones y lugares recónditos del espacio. Hubiera sido el lugar perfecto para jugar a las escondidas, pero entonces eran los libros lo que más le llamaron la atención. Había varias ediciones de la enciclopedia *The World Book*, parecidas a la que teníamos en casa, pero mucho más nuevas. También había unos libros enormes de referencia, incluyendo varios atlas mundiales, diccionarios, recopilaciones de literatura clásica, poesía, clasificaciones científicas… Ileana estaba asombrada e impresionada por todo lo que veía, como si estuviera caminando con las pupilas dilatadas para recibir toda la luz y la magia que aportaba el sitio.

Entonces nos enfocamos en la literatura y las novelas. Ileana ya iba en el último año de la escuela secundaria y pronto iba a llegar a la preparatoria. En aquellos días, quería leer libros en inglés para amplificar su conocimiento del idioma y de todo. Aunque la biblioteca también contaba con muchos libros en español, ya podíamos acceder a muchos de esos libros en Piedras Negras. Se puso a tomar notas y a formular una lista de todos los libros que quería leer. *El león, la bruja y el armario* por C. S. Lewis. *El viejo y el mar* por Ernest Hemingway. Los cuentos de William Shakespeare. Como nos había sucedido con la enciclopedia, ahora la biblioteca se abrió como otro portal a todo el conocimiento y la literatura proveniente del más allá.

Utilizando mi nuevo carné sacamos el libro *Ana de las tejas verdes* por Lucy Maud Montgomery. De todos los libros, ella quería empezar con ese. Nuestro plan era sencillo. Cada vez que Ileana terminara un libro, yo podía llegar y sacar el siguiente de su lista y llevarlo a casa.

—Este libro es fantástico —nos dijo la bibliotecaria, apasionada por la literatura—, se van a perder en el mundo de Ana y la granja. Allá en el norte, en la Isla del Príncipe Eduardo…

—¡Muchas gracias! —le dijimos.

—Gracias.

Cuando regresamos a casa, Ileana se metió en la recámara de más camas con el libro. Pareció perderse, desde luego... Ya no la volvimos a ver o escuchar.

Unas horas después, la abuela empezó a preguntarnos por ella.

—¿Dónde está tu hermana? —le preguntó a Antonio.

—No sé. Creo que está leyendo.

Después llegó con Victoria, como si no le hubiera gustado la respuesta de Antonio.

—¿En dónde está Ileana? —le preguntó.

—Ella está leyendo.

—Ah...

Por fin llegó la hora de la cena, que solía ser tiempo sagrado para nosotros. Desde que yo recuerdo, siempre nos habíamos acostumbrado a sentarnos juntos a la mesa para cenar. Era muy bonita convivencia. Aunque no era sin excepciones, no iba a ser por un libro que la abuela se desviaría de nuestra costumbre.

—Ve y dile que ya todo está listo y que solamente falta ella —me dijo la abuela.

—Ahí voy...

Fui a la recámara por ella. Su enfoque era tan fuerte que dejó de existir en la capa real. Solamente quedaban las dimensiones físicas de su cuerpo recostado en la cama, los brazos que apoyaron el libro, las páginas, los rayos de luz de la lámpara que aportaron las palabras a sus ojos. Todo sonido, sensación y movimiento del entorno, el rechinar de la puerta exterior, los frijoles que hacía la abuela, los movimientos de la calle fueron reclamados por el vacío mientras ella se encontraba sumergida en el mundo de Ana.

—Ileana... cena... —empecé a sacudir su hombro para despertarla de su viaje—, Ileana...

El siguiente martes en la escuela se presentó como un día ordinario. La hora de comer terminó a las 12:45. Cuando regresamos al salón, la señora Rivera, nuestra maestra de español, se detuvo hablando con alguien en el pasillo infinito. Tomamos nuestros asientos y empezamos a hablar entre nosotros.

—¿Por qué siempre nos piden usar lápices número 2? —preguntó Cristina.

—No sé. Yo siempre quise usar el número 3 —dijo Ulrike.

—Yo voy a usar lápices número 7—declaró Joaquín.

—Ja, ja. ¡Esos no existen! —dijo Sarita.

—Ja, ja, ja.

Entonces regresó la señora Rivera acompañada por alguien más. La reconocí de inmediato. Era la misma persona que llevaba los anteojos de plástico en la biblioteca.

—Hola clase, ahora les tenemos una sorpresa. Hoy tenemos el gran honor de contar con una oradora invitada. Ella es una historiadora y arqueóloga que se especializa en México y en todas las Américas. Esta es una oportunidad extraordinaria para que aprendan directamente de una experta. Ahora vamos a darle la bienvenida a la señorita Jiménez.

Todos la recibimos con un aplauso. Lanzó directamente una pregunta, primero en español y luego en inglés.

—¿Qué es lo que piensan cuando se imaginan a México?

Las respuestas eran variadas: El Chapulín Colorado, los tamales, La Rancherita del Aire, el dinero a colores y con ceros, Pancho Villa, el 16 de septiembre, los gansitos, el 12 de diciembre, la Virgen de Guadalupe.

—Muy bien.

Entonces pasó al pizarrón donde hizo un recorrido cronológico. Era una línea muy larga, con fechas, que abarcaba la época prehispánica, la llegada de los españoles y la Conquista, la época colonial y la Independencia. Utilizando la tiza y la voz, ella destacó la duración de cada época. Después volvió hacia nosotros y nos explicó cómo eran las cosas.

—Estas tierras que llamamos las Américas estaban pobladas por todos los pueblos originarios, que llegaron hace decenas de miles de años. Al inicio, eran tribus nómadas y cazadores recolectores que se esparcieron a través de todas las Américas. Con el tiempo, empezaron a establecerse los primeros agricultores, tribus sedentarias, ciudades y sociedades que se desarrollaron de forma independiente al resto del mundo. Eran astrónomos, matemáticos, poetas. Desarrollaron cerámica y esculturas, pirámides, códices antiguos y cantos donde relataron su historia. Cultivaron la tierra y desarrollaron sus calendarios, que pertenecieron al sol y a los astros. Eran arquitectos.

Regresó al pizarrón y subrayó esta época con tiza gruesa.

—Decenas de miles de años… —enfatizó—, ahora, ¿cómo se llamaban algunas de estas tribus? ¿Alguien me puede dar un ejemplo?

—Los aztecas —dijo Ángel.

—Levanten la mano para contestar —nos pidió la señora Rivera.

Levantó la mano enseguida y la señorita Jiménez le pidió que contestara.

—Los aztecas.

—Correcto. Ese es muy buen ejemplo. ¿Alguien más?

Algunas manos fueron alzadas a la vez.

—Los mayas —dijo Brenda, con lo que se bajaron algunas manos.

—Sí, muy bien.

—Los incas —dijo Pablo, provocando que solamente faltara una mano.

—Vamos a hablar un poco de eso. Es muy buena respuesta… Los incas eran una enorme civilización, que se estableció principalmente en lo que hoy en día es Perú, en América del Sur. El centro de su dinastía era Cuzco, en la Cordillera de los Andes. Su dominio era enorme y se extendió hasta incluir partes de Bolivia, Colombia y Chile.

Aquí hizo una pausa para traducir. Todo lo que decía lo repetía en inglés, moviéndose entre ambos idiomas con destreza. Después continuó.

—Técnicamente, estaban afuera de lo que hoy en día es México. Pero hay muchas cosas que tienen en común con los aztecas y los mayas de Mesoamérica. Se desarrollaron independientemente del resto del mundo. Establecieron ciudades y sociedades muy avanzadas. Cultivaron la tierra. Sufrieron una variante de la mismísima conquista de Tenochtitlan en el siglo XVI. Establecieron su propia independencia de España en el siglo XIX. Los actores eran distintos. En vez de Cortés era Francisco Pizarro. En vez de Moctezuma, era el emperador Atahualpa. Su historia es sumamente importante en el contexto de la historia de las Américas y podemos aprender mucho de esta civilización.

Por fin vino y me miró a mí.

—¿Sí?

—Los olmecas.

—¡Los olmecas! —exclamó—, muy bien, ellos fueron una de la primeras civilizaciones grandes del Mesoamérica preclásico. Incluso en este siglo y en el siglo anterior, hemos descubierto muchas cabezas colosales en el estado de Veracruz, que pertenecen a esta cultura. Son extraordinarias. Excelente…

Aquí hizo una breve pausa para tomar aliento.

—Es importante saber que estos son los ejemplos más conocidos, pero hay muchos, muchos más. Incluso, hay tantos pueblos que aún no conocemos, porque sus historias se perdieron…

Hubo una pausa de reflexión.

—Decenas de miles de años… —reiteró la experta.

Todos nos quedamos cautivados por su enseñanza, esperando lo que seguía después de allí. Entonces hizo clic con los dedos de la mano sin tiza, caminó hacia donde empezaba la siguiente época y puso un punto debajo del título.

—Conquista… Muchos piensan que llegaron los españoles y que ellos conquistaron a toda la población indígena. En el sentido amplio, sí, pero vamos a enfocarnos en algunos de los detalles. Primero, los mexicas pertenecían a la Triple Alianza, que habían impuesto un orden jerárquico a través de la región. Todos los pueblos a su alrededor fueron sometidos, tuvieron que pagar impuestos y fueron atacados cuando no cumplían sus requisitos… Incluso se puede decir que vivían en condiciones de guerra perpetua.

Aquí hubo otra pausa de reflexión. La señorita Jiménez caminaba lentamente de un lado al otro del salón, como si estuviera midiendo qué tal estábamos recibiendo su enseñanza. Entonces se paró en el centro y nos miró de nuevo.

—Lo que quiero destacar es que los españoles eran muy pocos, comparados con los mexicas, pero ellos establecieron una alianza con el pueblo Tlaxcalteca y esto amplificó su poder. A Moctezuma lo tomaron preso. No obstante, hubo una enorme resistencia por parte de los mexicas, encabezados por Cuitláhuac y al final por Cuauhtémoc. Pero los mexicas fueron paulatinamente diezmados por el otro enemigo, la viruela. En fin, la alianza logró derribar a los mexicas en Tenochtitlan en 1521, solamente dos años después de la llegada de Hernán Cortés.

Me entró una ola de miedo y sentí el corazón latiendo rapidísimo.

—El resultado era contundente. Comparado con las decenas de miles de años de la época prehispánica, la Conquista se realizó en un parpadeo.

Entonces, la señorita Jiménez nos dio un breve recorrido por la época colonial, que duró tres siglos. Era una etapa muy lenta, marcada por las misiones, la evangelización de los indígenas, el saqueo de todos los recursos naturales, la negación de los templos y los dioses, y las culturas prehispánicas, la esclavitud de personas de origen africano y el sometimiento por parte del rey que nunca pisó estas tierras.

Me sentí abrumado por el peso del tiempo de aquellos tres siglos, pero ella no se detuvo mucho aquí. El arco de su historia iba inevitablemente hacia el 16 de septiembre de 1810 y el grito de Miguel Hidalgo y Costilla.

—¡México logra su independencia en 1821 y establece una identidad que incorpora la diversidad de toda su gente!

Aquí destaca la última etapa en el pizarrón, que es más de un siglo y medio de México independiente.

Entonces dejó el pizarrón y nos transportó al presente. Abrió su portafolio y nos mostró todo lo que tenía. Fotos de la Ciudad de México y el Centro Histórico que fue construido encima de Tenochtitlan. Fotos de algunos sitios arqueológicos en Yucatán. Unas fotos de los murales de Diego Rivera, incluyendo *El mercado de Tlatelolco* y *La epopeya del pueblo mexicano*.

Por fin, nos habló sobre Benito Juárez.

—Vamos a imaginar un mundo sin fronteras. Así era durante todos los miles de años antes de la Conquista. No había aduana o necesidad de permiso o pasaporte. La población indígena se encontraba libre y en su tierra. Ahora que ya vivimos en un mundo de fronteras, fue Benito Juárez quien logró recuperar la Independencia de México tras la segunda intervención francesa y quien nos recuerda que: "El respeto al derecho ajeno es la paz". ¿Notan que la palabra "ajeno" se puede referir a muchas cosas? La otra nación. El otro lado de la frontera. El otro ser…

Con la traducción de este resumen en inglés, la señorita Jiménez había terminado.

La señora Rivera le dio las gracias y, sin que nos pidiera hacerlo, todos nos pusimos de pie y le dimos un aplauso muy fuerte. Quedamos sumamente impresionados y agradecidos por lo que compartió con nosotros. A fin de cuentas, pasamos una hora quince minutos con la experta. Ya quería llegar a la casa para contárselo a todos. Era algo extraordinario. Su enseñanza iba mucho más allá de lo que nos habían enseñado en los años anteriores. Hablando de la historia de México, la suma de todos los otros días de escuela no se iba a comparar con lo que recibimos ese día.

Reloj y ritual

Había tantos relojes y rituales a los que nos apegábamos.

Los relojes que eran la insistencia del calor. El calor implacable de la canícula. El calor a las 3 de la mañana. El sudor que desprendían los tacos y el café. El calor que se compartía entre todos con el abanico giratorio. La locura de todos los niños haciendo deporte en pleno sol, en pantalones de mezclilla, a las dos de la tarde. La fila que hacían todos para llegar a la fuente de agua al escuchar la campana, para tomar entre 20 y 30 tragos del chorro parabólico, antes de regresar a las aulas que estaban friísimas, los niños resoplando por la furia del béisbol, empapados de agua y sudor, apestados de tierra y de su adolescencia. El congelador, que era el lugar menos caliente en la casa. Allí me quise meter una noche en verano, cuando ya no aguantaba el calor. Los 102 °F (39 °C) que marcaba el banco en el centro de Eagle Pass todas las tardes. La paleta roja, que era la más sabrosa de todas. Las paletas naranja y verde. Y, por fin, la morada, que era el sabor que menos nos gustaba. Las mismas paletas, pero de nieve. Los yukis, una bola de hielo molido con jugo en un cono de papel, que era lo que tomábamos en los partidos de béisbol. El derretimiento de los hielos que se ponían en los platos de frijoles para enfriarlos, mientras pasaba el abanico giratorio a las tres de la tarde. Los domingos aleatorios, cuando los abuelos paternos nos llevaron a comer al Cactus Cafe o al Kettle Restaurant. El año nuevo escolar, que significaba el fin de las vacaciones de verano, con tres meses más de calor. El 16 de septiembre, cuando había un desfile y todas las fiestas patrias. El equinoccio otoñal, que siempre pasamos por alto. El por fin comienzo del clima otoñal, que llegaba a finales de noviembre, justo a tiempo para el Día de Acción de Gracias, cuando a cada uno nos hacía falta la chamarra. Los días de verano e invierno que apenas se diferenciaban por los cambios en la luz solar. La temporada de Navidad, que para nosotros siempre comenzaba el día después del Día de Acción de Gracias y terminaba el 6 de enero. Los *playoffs* de fútbol americano y la inevitable derrota de los Vaqueros. Las dos o tres noches del año en que la temperatura bajaba a 32 °F (0 °C). Los días de frío en los que tuvimos que llevar tres capas de ropa a la escuela: camisa, suéter y chamarra. El derretimiento final de la escarcha o de la nada. El día de la marmota que jamás se aplicaba a nosotros. El día bisiesto cuando le regalaron una bicicleta a Clementina para su segundo cumpleaños. La celebraron con una fiesta y había pizzas personales de Pizza Hut para todos. El fluir del río, que aportaba todos los nuevos derretimientos y las leyendas del oeste. El 5 de mayo, cuando el bisabuelo paterno vigilaba los gallos. El 10 de mayo, cuando había tampiqueña y fiesta para todas las madres en El Moderno. El 4 de julio, cuando festejábamos el aniversario de los abuelos paternos, con hamburguesas y jugando en la alberca. Los pulmones que se sumaban al ritmo de la siesta o una marea. Los saltamontes y las ranas que marcaban el discurrir del tiempo y del todo.

Rompiendo tradición

La abuela gozaba mucho de su tradición. Ella siempre celebraba las costumbres de su herencia y les daba los toques especiales para que siguieran evolucionando en su familia. Entre todo este conocimiento y sabiduría, también sabía cuándo era prudente romper la tradición y dejarla atrás.

El tío Esteban era muy dedicado y dotado de una sabiduría enorme. De joven fue a estudiar leyes en la Universidad Autónoma de Coahuila en Saltillo. Este salto era algo extraordinario para su tiempo y eran pocos los que lo hacían de Piedras Negras. Fueron los abuelos quienes lo impulsaron a hacerlo. En cambio, era distinto con las mujeres. Según la abuela, no tenía sentido que se fueran a la universidad. A la mitad del siglo 20, todavía la expectativa era que se iban a casar o dedicar a la casa.

La otra tradición era la quinceañera.

Cuando La niña cumplió quince años los abuelos le hicieron una fiesta enorme. Siempre había sido algo traviesa, pero de buenas intenciones. A partir de que fue la quinceañera le entró una ola de locura que los abuelos jamás habían visto. La vieron muy inquieta, a veces despistada y desobedeciendo descaradamente. Según ellos, se la pasaba inventando pretextos y haciendo referencias a que un día se iba a largar de la casa y del rancho para siempre, para irse a vivir con un tal Jorge. Fue algo que les causaba mucho dolor.

Una noche, La niña se atrevió a llevarse el Palomo sin permiso. Era un auto blanco de los 50. Le echó un peso de gasolina y con eso tenía. Fue a recoger a todas sus amigas y le dieron para el circo. Como el carro era súper viejo, no lo podían sacar sin que les ponchara una llanta. Cuando les pasó aquella noche todas se salieron del carro en la avenida Carranza y simplemente se pararon allí afuera del carro, seis jovencitas, esperando hasta que alguien llegara a cambiarles la llanta.

Después llegaron al circo y se subieron a un elefante que fue guiado por un Tarzán, vestido en taparrabos. Las estaba llevando de paseo por todo el sitio, cuando por casualidad las vio Graciela y allí se acabó.

—No andes yendo al circo para hacer circo —le dijo la abuela. Entonces fue al calendario de la cocina a apuntar: "Un mes sin salir y sin tele", que para La niña era lo peor del mundo.

Ella era totalmente adicta a *Corazón Salvaje* cuando le tocó esto. Afortunadamente, no tardaron en darse cuenta del castigo las amigas. Desde luego, llegaban por la ventana para pasarle cigarrillos y contarle todas las novedades de la telenovela. Esto lo hicieron durante todo el mes de encierro.

El siguiente mes, ella iba manejando por la avenida López Mateos con las mismas amigas cuando la paró la policía.

—Estaba manejando con exceso de velocidad —le dijo el policía.

—No, señor, usted está mal. No iba aprisa —le contestó sin miedo.

—Sabe qué, sígame a la comandancia.

—Bueno, así está bien —le contestó La niña.

Apenas se apartó el policía del Palomo cuando ella le dio como loca, pasándose todos los altos y los semáforos.

—Qué lo voy a seguir a la comandancia… ¡A la fregada! —le dijo a sus amigas, dándole hasta la casa de los abuelos. Cuando llegó a la Xicoténcatl, dejó el carro mal estacionado en la calle y se fue corriendo hacia la casa. El abuelo se levantó con calma para asomarse a ver lo que era todo el estruendo. Allí vio a La niña, gritando como loca: "¡Ayuda, ayuda! ¡Está la policía!"

El abuelo salió para hablar con el agente.

—¿Qué pasó, señor oficial?

—Don Francisco, muy buenas tardes. Perdone que lo moleste, señor. Es que la señorita iba conduciendo muy rápido, señor.

—Muchas gracias por llamarme la atención de esto, señor oficial. Disculpe la molestia. No lo va a volver a hacer.

— Muchas gracias, señor.

Cuando el policía se fue, ella pasó como un rayo para darle las gracias al abuelo, dándole un beso en la mejilla.

Entonces regresó al Palomo con sus amigas y le dieron para el casino nacional.

La filosofía de los abuelos ya se veía que iba convirtiéndose para nuestro tiempo. Esto se manifestaba más que nada en todo lo académico.

—Las dos son tan dedicadas e inteligentes —la abuela siempre le estaba diciendo a Victoria e Ileana—, ustedes pueden ir a la universidad, a estudiar donde quieran y dedicarse a lo que les llame la atención. En México, en Estados Unidos, donde sea. Todas las puertas van a estar abiertas.

Esto nos sirvió muy bien a todos, incluyendo a Antonio y a mí, quienes siempre nos quedamos muy alentados e inspirados por el empeño y dedicación de nuestras hermanas.

Aún quedaba el recuerdo de la quinceañera, que la abuela no pudo desasociar con el comportamiento de La niña.

Ya que se estaban acercando los 15 años de Victoria e Ileana, la abuela sabía que lo quería hacer diferente. Así que tomaron la decisión de llevarlas de viaje para celebrarlas bien, pero no les iban a hacer la fiesta tradicional.

—Es muy bonita tradición, pero también puede ser problemática y ya no es como antes —decía entonces—. Aquí no vamos a exponernos a pretendientes.

A Victoria le quedó bien. Sí, le hubiera gustado la fiesta, pero no se obsesionó mucho con la decisión. Disfrutamos mucho un viaje de tres días a Monterrey, paseando por el Centro Histórico de esa ciudad, comiendo tacos de cabrito, dibujando al aire libre y disfrutando el paisaje de la Sierra Madre Oriental y el Cerro de la Silla.

A Ileana, en cambio, no le gustó para nada. En su mente, ella siempre había sido muy dedicada a sus estudios y a la familia. Reconocía el progreso que había hecho la abuela con respecto a la quinceañera y que ella no quería hacerlo de tal forma con las chicas. Pero le faltaba entender que Ileana y Victoria no iban a ser regidas por las convenciones del pasado. Ellas eran fuertes, modernas e independientes y capaces de tomar sus propias decisiones. La decisión de la abuela menospreciaba todo esto y no se lo merecían. Era simplemente una fiesta.

Empezaron a confrontarse ella y la abuela sobre cosas de menor importancia. Ella quería ver hasta dónde podía llevar las cosas, pero la abuela tampoco se dejaba.

—Voy a salir con mis amigas —le dijo un miércoles por la tarde.

—¿Cómo que vas a salir? No, señorita. Tú tienes que pedir permiso.

—¿Puedo salir con mis amigas?

—No, señorita.

—¿Por qué no?

—No vas a salir hasta que termines toda la tarea…

—Pero ya la hice.

—A ver, enséñame la de trigonometría.

Le enseñó una hoja de papel que tenía muchos ejercicios de curvas sinusoidales y ecuaciones trigonométricas que ensayaban el seno, coseno y tangente. Todavía no la había empezado.

—Pero no la tengo que entregar hasta el viernes… —insistió Ileana, cayendo directamente en un dicho de la abuela.

—No dejes para mañana lo que puedas hacer hoy.

Y allí se acabó.

Ileana se enojó, llevando toda esa furia a la cama a dormir. Ya más noche empezó a sonar el teléfono.

—¿Quién está hablando a esta hora? —dijo el abuelo, consternado, mientras fue a contestar con la abuela a su lado.

—¡Bueno! —contestó con una voz que no disimulaba su enojo.

—¿Quién es? —le preguntó la abuela.

—Es Martín —le dijo, arremedando el acento del muchacho mientras tapaba el teléfono con la otra mano—. Martín desea hablar con Ileana.

Oyó de lejos y entró para hablar con él, pero la abuela se interpuso entre ella y el teléfono.

—No señorita, ni lo pienses.

Entonces, la abuela tomó el teléfono y le habló directamente.

—Buenas noches, Martín. Lo siento, pero Ileana no está disponible. Usted tampoco debe de estar hablando a esta hora.

Ileana se ofuscó. Ya se acabó el Hipitayoyo. Regresó a la recámara de más camas y cerró la puerta de un portazo.

El tiempo se dilató.

Impulsada por todo el enojo que aún llevaba por dentro, Ileana se atrevió a hacer algo que jamás había contemplado. Se incorporó de la cama, abrió la ventana y se salió, cayendo bien en la banqueta de la Xicoténcatl. De allí, se echó a correr en la penumbra a la casa de Martín, dejando atrás la seguridad de la casa de los abuelos.

La abuela no tardó en darse cuenta y la empezó a perseguir por la calle.

—No, señorita, ¡primero la tarea!

Ileana siguió corriendo, pero la abuela venía muy determinada detrás de ella. Era muy rápida.

—Enséñame la de trigonometría…

—Después, después… —dijo Ileana, desesperada por dejarla atrás—. ¡Después!

Ileana vio una posibilidad de escapar y se puso a correr con máxima velocidad, cruzando la calle Guerrero en contra del tráfico nocturno. De repente vino un carro muy rápido. Era el carro que vislumbraba la muerte, el carro que súbitamente convirtió todo el escenario en el videojuego Frogger. La abuela era la rana y ese carro, producto de un surrealismo siniestro y repentino, llegó y la aplastó, irremediablemente cerrando el portal.

Ileana despertó de golpe. Solamente quedaba la oscuridad.

Nada se comparó con la angustia y el remordimiento que Ileana sintió el siguiente día. Fue tanto que fue a disculparse con los abuelos, entregándole la tarea de trigonometría a la abuela y conformándose con el viaje familiar en lugar de la quinceañera.

Fueron tres días de playa en la Isla del Padre, en donde los cuatro nos metimos al agua a ver quién llegaba más lejos de la costa. Ileana nos ganaba a todos, llegando hasta la zona de todos los tiburones y los marineros.

Cometa Halley

—¿Cuándo fue la vez anterior que llegó el cometa Halley?

—Hubiera sido… —el abuelo se puso a pensar—, mil novecientos…

—Diez —dijo el tío Esteban—, 1910. Al final del Porfiriato.

—¿Y quién de nosotros lo hubiera visto?

—Yo todavía no había nacido. Pero sí les hubiera tocado a mis papás.

—Yo voy a verlo —dije, dejando clara mi intención.

—¿Cómo lo vas a ver? —preguntó la tía Yolanda.

—Me voy con el tío Cristiano, él tiene un telescopio y lo vamos a buscar de noche.

—Esas cosas no pasan aquí —dijo la tía, descartando la idea.

—¿Cómo no? Aquí también lo vas a poder ver.

—No lo creo.

—Sí, tía —insistí—. El espacio es compartido entre todos. Solamente necesitamos salir de noche a la hora indicada, cuando todo está despejado.

—No sé…

—Bueno. Pero si no lo ves ahora, no vas a tener otra oportunidad hasta que el cometa vuelva a pasar muchos, pero muchos años después.

—Bueno, ustedes vayan y me cuentan todo. ¡Pero más les vale que no me despierten! Ja, ja, ja…

—La otra cosa que va a suceder es que habrá un eclipse total, que llegará aquí a Piedras Negras en el año 2024.

—Explícame cómo funciona eso.

—Es cuando la luna pasa directamente entre el sol y nosotros, dejando una sombra que va pasando por la superficie de la tierra. Y esa sombra va a pasar por aquí. Imagínate, se va a poner todo obscuro por unos minutos durante el día…

—¿Cuándo?

—En abril de 2024.

—¿Y cómo saben todo esto?

—Los astros son los relojes en el espacio, tía, miden su propio tiempo. Todo esto ya está en marcha desde el inicio. Por eso hay que ver el cometa Halley. Ya no queda mucho tiempo para poder verlo.

—Vaya…

Esa noche nos subimos a una de las colinas más altas de Piedras Negras, donde encontramos un terreno grande que era en parte una obra de construcción. Había unos muchachos y varios perros callejeros andando por el sitio. Subimos hasta donde nos dimos cuenta de que pudimos ver una silueta del Río Bravo, que resaltaba debido a su oscuridad. Al fondo estaban las luces de Eagle Pass.

—Mira nomás… allá ha de estar la casa de la tía Nicolasa —dijo el tío Cristiano.

—¿Dónde?

—Allá, por las luces que están allá.

—Entonces le voy a decir al primo Azúcar, él siempre está allá. A ver si nos puede ver de aquel lado…

No sabíamos exactamente dónde quedaba su casa, pero parecía probable que tuviéramos el campo visual para poderla ver. Por lo tanto, dirigimos nuestro enfoque al cielo para buscar el cometa Halley.

No vimos nada.

Al siguiente día, me topé con el primo Azúcar y le conté lo que habíamos visto.

—Debemos de sincronizar nuestros relojes —le dije—. A las 11 con 0 minutos nos vamos a buscar.

—¿Y cómo nos vamos a ver? —preguntó el primo Azúcar.

—Con linternas. Oscilando entre sí y no, sí y no, sí y no.

—A ver… ¿Un segundo con luz? ¿Un segundo sin luz? ¿Así?

—Exactamente.

—Vale.

Esa noche regresamos a la colina a buscar la cola del cometa, sin resultado.

—No entiendo por qué no se ve, si está despejada la noche y se pueden ver todas esas estrellas.

—Creo que andamos mal.

—Ok, ¿pero cómo andamos mal?

—¿Tú crees que ya se haya puesto el cometa?

El tío Cristiano tomó un palo y empezó a dibujar en la tierra.

—Sí, fíjate que estamos mal. Haz de cuenta que aquí está el sol y acá estamos nosotros. Si le seguimos dando mucho más allá de la tierra, allá van a estar todos los astros que podemos ver ahorita de noche. ¿Me sigues?

—Sí.

Entonces caminó hacia el otro lado del sol que había dibujado.

—El cometa está pasando por el sistema solar, acá, de este lado —dibujó una equis al lado opuesto del sol.

—Ajá… ¿Entonces cómo lo vamos a ver?

—No vamos a poder verlo de día. Si lo vamos a ver, va a ser durante uno de los dos crepúsculos. Y tendremos que mirar cerca al horizonte.

—Bueno. ¿Entonces cuando debemos de regresar?

—Mañana. A las veinte horas, ocho de la noche.

Al siguiente día llegaron las nubes. Llegaron para quedarse.

—¿Y qué tal estuvo el cometa? —preguntó la tía Yolanda.

—Es que todavía no lo vemos... pero tenemos un plan y volveremos a eso, ya que se esparzan las nubes.

—Ja, ja, ja. Buena suerte.

Estaba muy cansado esa tarde, así es que me fui a acostar en la recámara de muchas camas. Todavía había mucho tráfico haciendo cola en la Matamoros y no tardé en caer entre el lonche de sábanas que me envolvían. La cama estaba tan cómoda...

De repente había algo nuevo, que no estuvo antes. Lo percibí muy rápido. El origen era un dolor agudo en el lóbulo derecho.

—Pinche Azúcar...

—Ja, ja, ja...

Había puesto una pinza para colgar ropa en mi oído. Me incorporé y me vi en el espejo para poder quitármelo.

—Travieso, ¿qué estás haciendo aquí?

—Ja, ja, ja. Nomás vine a saludar.

—¿Y despertar y molestar?

—Perdón, perdón... Era con amor.

—Ok... Oye, ¿y qué pasó la otra vez? Te estaba buscando y nada.

—¿Cuándo?

—Esa noche, cuando íbamos a vernos a las 11 con las linternas. Allí estábamos yo y el tío Cristiano, buscando al primo Azúcar. Pero no apareció.

—Ah, es que me quedé viendo la tele y se me pasó la hora... sí fui otra vez, pero ya no los vi.

—Olvida eso. Mira, cuando se vayan las nubes y volvamos a tener noches despejadas… Entonces vamos a salir a las veinte horas, ocho de la noche.

—¡Bueno!

—Allí esperamos verte con las linternas y la señal.

—Claro que sí, primo, con mucho gusto.

Ya no tenía ninguna esperanza de verlo, pero así le dejé la tarea.

El cielo por fin se despejó. Esa misma noche, el tío Cristiano y yo regresamos a la colina y nos pusimos a buscar. Como antes, no vimos nada. Regresamos tres noches consecutivas con el mismo resultado. Volvimos a indagar la posición del cometa y el horario para verlo. Sí era la hora indicada, pero el cometa nunca apareció. Decidimos volver una vez más, para ver si nos tocaba algo de suerte.

—No me sorprende que no lo veamos —dijo el tío Cristiano—. Y no es que andemos mal nosotros. Muchos lo están buscando, pero parece que el hemisferio sur es mejor lugar para verlo durante esta ronda. Aun estando allá, la posición del Halley relativa al sol nos tiene a todos en desventaja.

—¿O sea que tenemos que esperar hasta cuándo?

—Pues hasta la siguiente ronda, en 2061. Yo ya no estaré aquí, pero quizás tú sí la puedas ver entonces.

—Ja, ja, ja. La tía Yolanda no se va a olvidar de esto…

Llegaron unos muchachos y se pusieron a tronar cohetes al otro lado de la colina, cerca de donde estuvimos. El tío y yo nos habíamos cansado de tanto buscar. Nos sentamos en una orilla del terreno y dejamos de buscarlo. La silueta del río se perdió a una distancia, dando la impresión de haber difuminado las luces de ambos lados a través de la frontera. Más cerca, vislumbraba todo lo que no se veía entre los vecindarios de Piedras Negras y las luces del más allá. Había una serie de cohetes que irrumpieron en la oscuridad. Era difícil distinguir a qué distancia, pero venían del noreste, un poco más allá de la colonia Mundo Nuevo. Se me prendió el foco. Me paré de inmediato y me puse a buscar.

—El cometa va a estar acá, de este lado —dijo el tío.

—No es el cometa...

—¿Pero qué estás mirando?

—No lo puedo creer...

—¿Qué?

El tío Cristiano se incorporó y vino a mi lado.

—Azúcar... ¡Azúcar! ¡Míralo, allá está, allá está! ¡Es la señal! Llegó el primo Azúcar...

Tomé la linterna y empecé a mandar la señal de nuestro lado.

—A ver, ¿dónde está? No lo veo.

Extendí el brazo y apunté con el dedo índice. Habíamos descubierto una forma caprichosa de trascender la frontera, sin pasar por la aduana.

—Allá.

Sin permiso

Le habían quitado el permiso, más bien, no se lo habían renovado por un período de meses, por haberse vencido el tiempo del permiso aduanal en otra estancia y no regresarlo a tiempo. Eso quería decir que no podía cruzar o irse al otro lado a Eagle Pass, hasta que se renovara el permiso.

Ahora tocaba la quinceañera de su amiga y tocaya, María Ileana González. Ella vivía del otro lado, y no iba a perderse la fiesta. Se puso a platicar entre sus amigas, a ver cómo podía llegar.

—Mi cuñado nos puede llevar —dijo una de sus amigas.

—¿Tú hablas del cuñado con ese carro azul?

—Sí.

—Mala idea —dijo la otra—, con ese carro de naco lo van a revisar superbién en la aduana... No tienes esperanza de llegar.

—¿Qué tal si nos vamos en el carro amarillo y yo me meto en la cajuela? —propuso ella, dispuesta a hacerlo todo para llegar.

—¿En serio? ¿Y cómo vas a hacer eso?

—Nomás me tapo con una cobija y así estoy. Al cabo que solamente son unos minutos hasta que estamos allá.

—No, en la cajuela te puede ir muy mal... Piénsalo bien, ¡es una fiesta! No vale la pena arriesgarte tanto por eso.

—Pero le prometí que iba a llegar. No le puedo fallar.

—Dile que se venga para acá…

—La fiesta se la van a hacer allá en su casa…

Aquí hubo una pausa mientras lo pensaron.

—Entonces vente con nosotros en el Cutlass, hay mejor chance si lo hacemos entre todas —dijo la otra amiga, un poco harta de la conversación—. Además, se está estrenando no sé qué película allí en el Teatro Azteca. Haz de cuenta que todas vamos al cine y ya.

—El Azteca lo acaban de cerrar.

—Uf, ¿en serio? Qué lástima…

—Sí. Ha de ser por el cine del nuevo centro comercial.

—Pues vamos allí entonces.

Todas lo pensaron bien.

—Debe de funcionar porque solamente vamos a Eagle Pass. No necesitamos pasar más allá de la otra frontera.

Hablaba de la segunda aduana donde revisaban todos los carros que iban a ingresar al interior de Estados Unidos, donde se necesitaba una visa o pasaporte para pasar. Pero andar entre Eagle Pass y Piedras Negras siempre era accesible para los nigropetenses que contaban con un permiso sencillo.

—Sí —concedió la otra—, así no debe de pasar nada.

—Bueno. Pues, vámonos.

Todas las amigas se metieron al Cutlass, un carro café de los 70. Había un agujero en el suelo de los asientos traseros por donde salpicaba agua cada vez que pasaban un bache o un tope debido a todos los aguaceros.

—¡Eso se ve interesante!

—¡Aquí nos traen en el carro de Los Picapiedra!

—Ja, ja, ja. ¿Y dónde debo poner los pies?

—Ja, ja, ja.

Las risas fueron buen remedio para desplazar todos los nervios, para que pudieran llegar a la aduana con la seriedad indicada, donde las muchachas dijeron que iban al cine. La frontera solía ser flexible para las personas que vivían allí, dentro de su esfera de influencia; no obstante, había una oscilación perpetua entre la frontera rígida y la porosa, entre la infinitamente delgada y la gruesa.

Aquella tarde, el agente no tuvo ningún motivo para negarles la entrada y las dejó pasar sin problema. Así de sencillo se pasaron al centro de Eagle Pass. Las amigas la dejaron en la fiesta de su tocaya y luego ellas se pasaron al Mall de las Águilas.

Después de la fiesta, ella aprovechó para pasar dos noches con la tía Nicolasa y para visitar a la prima y a la otra amiga. También pasó por el Golden Fried Chicken en Commercial Street, para comerse unos pollitos con unos panecillos. Ya, era todo lo que quería hacer.

Se fue caminando hacia el puente y en un parpadeo regresó a Piedras Negras, para perderse en el anochecer.

Alberca

Para llegar a la alberca necesitábamos atravesar un sendero de piedra que siempre estaba ardiendo bajo el sol. Cuando el sendero desprendía tal furia, todos los pasos tenían que ser instantáneos, para no quemarnos los pies.

Antonio y yo corrimos y nos tiramos en la alberca.

—Ese es el mismo sol de Cuauhtémoc y de los mexicas —le dije, ya flotando en el agua.

—¿Estás pensando en Huitzilopochtli o en Tláloc?

—Estoy pensando en Tonatiuh.

—Wey, aquellos eran los dioses mexicanos. No aplican en Estados Unidos.

—¿Qué Estados Unidos?

—Pues aquí, Eagle Pass.

—Wey, si apenas estamos a un kilómetro del Río Bravo, que está detrás de aquellos árboles.

—De hecho, todo esto era México antes de ser Estados Unidos. Nos arrebataron la mitad del territorio en esa guerra injusta.

—Exactamente. Y si nos vamos más allá en el tiempo, no existían las fronteras. Toda esta tierra pertenecía a los pueblos indígenas.

—¿Y qué tiene que ver con Cuauhtémoc y el sol de los mexicas?

Aquí hubo una pausa.

—¿Te acabas de quemar los pies?

—Sí.

Antonio dio la respuesta sencilla, pero no fue todo. Al fondo escuchamos el zumbido que se estaba formando en grande, como un trozo del azar que súbitamente nos involucró a los dos.

Llegó una multitud de abejas que de volada nos rodearon. Nos hundimos en el agua, 15, 20, hasta 30 segundos esperando que ojalá se fueran, pero la falta de oxígeno era contundente y pronto nos venció. Volvimos a la superficie tragando aire, pedaleando con los pies para flotar, tallándonos los ojos para volver a mirar.

—¡Allí está una, allí está una!

Nos echamos a gritar, arrojando agua para defendernos de una abeja muy agresiva que nos seguía rodeando. El abuelo paterno ha de haber escuchado todo el barullo, porque entonces salió de la casa y se vino a la alberca en su traje de baño y unas chanclas, caminando sin quemarse los pies. Se metió a la alberca y se puso directamente entre nosotros y las abejas.

Allí estaba el abuelo paterno, sabio, dotado, veterano, de buena estatura, aportando pura calma. Con un tiro preciso arrojó agua pegándole a una abeja, que cayó en el agua. Entonces la dirigió hacia el escape de la alberca.

A los dos minutos ya se habían disminuido las otras abejas. Para los cinco minutos, estábamos jugando waterpolo con el abuelo paterno. Después jugamos a esconder monedas. El abuelo paterno escondía una peseta o un centavo en la alberca, que iba hasta los 3 metros de profundidad. Luego hubo una carrera entre

Antonio y yo, a ver quién podía conseguirlo y entregarlo primero en su mano.

Un rato después, llegaron la nana y Victoria.

—Antonio, qué gusto verte. ¿Cómo están tu hermana y tus abuelos?

—Todos están muy bien, gracias.

—Ay, qué bueno. Me los saludas, por favor.

—Claro que sí.

—¿Te gustan las hamburguesas con queso?

—¿Cómo no le van a gustar? —dijo el abuelo paterno, solamente para hostigarla.

Ella lo miró con un gesto que decía: "Cállate o le voy a dar la tuya."

—Sí, señora. ¡Me encantan!

—Ay, qué lindo…

La nana se metió a la cocina, mientras Victoria se metió al agua y empezó a dar unas vueltas de estilo libre. Después, ella y el abuelo paterno se sentaron a un lado de la alberca para platicar.

—Eres tan inteligente y aplicada, con un gran interés en las artes y todo el mundo social y natural.

—¡Sí! Siempre me han atraído las artes… El diseño, la arquitectura, incluso la literatura y la historia.

—Pronto vas a darte cuenta de que todo el mundo está dentro de tu alcance.

—¡Gracias! Aunque es difícil saber exactamente a qué me quiero dedicar.

—No te preocupes demasiado por eso, a tu edad yo tampoco lo sabía. En mi caso eran distintos tiempos, pero yo tuve que dejar la frontera e irme lejos para regresar con una idea concreta.

Victoria sonrió por costumbre. Por un instante, el abuelo paterno parecía perderse en un recorrido de memoria, pero estuvo consciente de que su historia personal no tenía paralelo con ella.

—Lo que quiero decir es que te va a servir mucho dejar la frontera e irte a la universidad y conocer gente de todos los rincones… En fin, ¿a dónde estás pensando ir?

—Yo quiero ir a la UNAM.

—¿En la Ciudad de México?

—Sí. En Coyoacán, allí en el mero corazón. Tienen muy buena facultad de artes, de arquitectura, de todo lo que me llama la atención, que me quedaría muy bien.

—Me encanta que estés pensando en grande.

—Yo siempre he querido ir a México desde que era chica y mi abuelo iba y venía. Siempre regresaba con historias que contar, con noticias, con regalos. Además, está cerca de mi tío Emilio.

—Lo único es que no te debes de limitar. Incluso, hay muchas buenas escuelas aquí en Texas y más allá en el norte. ¿Lo has pensado?

—¿Venirme a estudiar en Estados Unidos?

—Sí.

—Pues, no exactamente. O sea… ya sé que es opción y algunas de mis amigas sí se vienen aquí a estudiar, pero tú me conoces bien —aquí lo miró directamente y cuando logró establecer ese vínculo entre los ojos trató de dejarle claras sus intenciones—, la UNAM me queda mucho mejor.

—Así lo pensaba… —asintió y luego dejó de hablar por un tiempo.

Su silencio le parecía natural a Victoria, él iba a necesitar tiempo para ajustarse. De repente, el abuelo paterno empezó a lagrimear discretamente, cosa que Victoria jamás había visto y que no esperaba ver esa tarde.

—Perdón, es que aquí te vamos a extrañar —le dijo, tallándose la cara—. Todos te queremos mucho y estamos tan orgullosos de ti. Siempre puedes contar con nuestro apoyo.

Le dijo lo que necesitaba escuchar.

—Muchas gracias —le dijo Victoria. Se levantó y le dio un abrazo muy fuerte, hasta que retomó una postura de alegría.

—Si te puedo ayudar con las solicitudes o si quieres usar una computadora o impresora IBM en mi oficina, lo que sea… para eso estoy.

—Gracias.

Ambos se metieron al agua y nos retaron a Antonio y a mí a un waterpolo. Como de costumbre, jugamos con una red imaginaria que bifurcaba la alberca, con Antonio y yo empezando del lado profundo.

Tiempo después, la nana salió para invitarnos a todos a la cocina. Arrojamos agua para mojar un sendero de regreso a la casa, para que no se nos quemaran los pies. Pronto nos sentamos alrededor de la mesa redonda, Antonio en la silla azul, Victoria en la verde y yo en la anaranjada. Entonces le entramos con entusiasmo a las hamburguesas con queso y a las papas fritas con unos jalapeños en escabeche y limonada.

Se decía que las mejores hamburguesas de Eagle Pass eran las del Charcoal Grill y que las mejores de Piedras Negras eran las del Yoyos. Así eran las cosas. Pero era nuestro secreto que las mejores de todas eran las hamburguesas de la nana.

Los tacos del recreo

Había una señora que vivía enseguida de las casotas, que eran los salones apartados del edificio principal de la escuela. En algún tiempo, ella abrió un sendero entre los amplios campos y su jardín. Allí es donde estaban los tacos.

El recreo era entre las 10 y 10:15. Con la primera campana íbamos Tacho y yo directamente a su jardín para ponernos en la fila. Como el tiempo era limitado, era necesario dedicar todos los quince minutos del recreo a los tacos, para llegar a tiempo y comer antes de la segunda campana.

Típicamente, había entre diez y veinte alumnos jóvenes en la fila, esperando su turno, mientras que la mayoría de la escuela se la pasaba en la cancha en algún deporte, en los columpios o jugando al azar. Ulrike y Luz también solían llegar dos o tres veces a la semana para comer tacos.

La señora era muy amable y simpática. Tenía los sartenes llenos de comida, el comal para las tortillas y todas sus herramientas afuera. Todo estaba muy ordenado y acogedor.

Ofrecía tacos de picadillo con papa y de frijoles refritos con chorizo, siempre en tortillas de harina, a 25 centavos o a 350 viejos pesos por taco. Tacho y yo solíamos comer 4 tacos cada uno. Cuando tenía dinero yo invitaba, pero la mayoría de las veces fue él quien invitó. Siempre nos entregaba los tacos en una servilleta, dándonos las gracias y deseándonos buen día.

Los tacos siempre salían calientes y eran deliciosos.

Con la segunda campana nos limpiábamos con la servilleta y luego regresábamos al salón, para congelarnos en el aire acondicionado y recibir la siguiente enseñanza del día.

Hasta la fecha, le sigo debiendo unos tacos a Tacho.

Como una estrella fugaz

Había tanta emoción en la encrucijada del vaivén y el pulso de los 80 que estaba a punto de estallar en convergencia con nuestra adolescencia. Todo esto se manifestaba en el recreo y en la pista de baile.

En el séptimo grado empezaron a destacar los radios portátiles. Una Navidad, los abuelos paternos nos habían regalado un estéreo portátil AM/FM con un casete y un cartucho de 8 pistas, que era muy anticuado. Ya no se trataba de escuchar aquellos cartuchos de los 70. Además, se tragaba las pilas D cada vez que lo desenchufábamos para sacarlo de la casa. Esto no era sustentable. Pronto me di cuenta de que Pablo había acertado con su Panasonic. Era un estilo moderno, color negro, que contaba con doble casete y con *graphic equalizers* para dominar el recreo y transformar todo el escenario, con su radio tocando Bon Jovi, *Slippery When Wet*, a todo volumen. Todos los otros radios se hacían a un lado cuando llegaba Pablo.

Nosotros éramos la generación MTV. Estrenamos los primeros walkman de Sony que entonces estaban de moda, los relojes Swatch, pantalones de mezclilla Guess, zapatos de lona y pulseras de algodón que nos regalábamos entre todos en el salón. Todo esto se hizo dentro de los límites del uniforme.

Si la cancha fuera el taller, era en los bailes escolares los viernes por la noche, en el salón parroquial, donde se hacía real. Poco a poco, se iba armando el baile con el DJ, las luces y canciones internacionales de moda que nos alentaron a la pista. Destacaban todos los colores, las faldas y corbatas, los zapatos de baile, allí donde nos conocimos más allá de los azules monocromáticos y las normas de la escuela.

Era nuestro tiempo.

Oscilamos entre las cumbias y el rock de los 80 y las canciones de amor que nos impulsaron a bailar entre todos y en pareja. Siempre había chismes de a quién le gustaba quién, que correspondían a los sentimientos efímeros de la adolescencia. Pero, más allá, éramos los mismos amigos de siempre. Allí fundimos los recuerdos envueltos en la novedad del tiempo y la emoción de la siguiente canción.

¡Todos a la pista a bailar!... Tacho con Laura, Clementina con Pablo, Andrés con Verónica, Sarita con José... Éramos una ola de energía colectiva, en fidelidad al ritmo vertiginoso del tiempo. *Conga, Venus, Walk Like an Egyptian, La Isla Bonita, Juana la Cubana, Rock Me Amadeus, Mercedes Boy, Push It, Time After Time, Greatest Love of All*...

Las noches de baile siempre pasaban rapidísimo. Ya se estaba acercando la medianoche, ya se iba a acabar el baile y con este nuestra década de inocencia, en los albores de la caída del muro de Berlín y la reunificación de Alemania. Pero entonces, solo fuimos a pedirle otra canción al DJ, para volver a sentir ese amor efímero antes de que se despidieran las amigas de vida y la noche, como una estrella fugaz.

Más allá del rancho

A Victoria ya le tocaba irse. Ella iba a empezar sus estudios en la UNAM, en el mismísimo corazón de México. Toda la logística ya estaba en orden y solamente le faltaba llegar a Ciudad Universitaria para el viernes siguiente.

El cómo iba a llegar fue debatido entre todos por tres días; no obstante que ella siempre había sido la más responsable y fiable de todos. Nunca les había fallado.

Ahora los abuelos se involucraron en el asunto, más de lo que típicamente hubieran hecho antes. Incluso ofrecieron llevarla hasta México, hasta que ella se hartó de la conversación y tomó las riendas del tema.

—Mira, soy yo la que va a estar yendo y viniendo. Soy yo a quien le va a tocar todo eso. Y así, yo lo tengo que hacer desde ya.

Ella siempre había dado tanta confianza en todo lo que hacía y ahora quedaba claro para los abuelos, simplemente tenían que dejarla ir.

Salvo que el abuelo opinó que ella no debería de irse sola en el camión, que hubiera sido peligroso para una chica de su edad viajar sola de ese modo, especialmente en un viaje tan largo y de noche.

—Sería mejor si volaras —dijo la persona que nunca se atrevió a subirse en un avión, a pesar de que su hermano fuera ejecutivo en Mexicana de Aviación por muchas décadas—. Emilio dice que puede ir por ti al aeropuerto para llevarte a Coyoacán.

El aeropuerto de San Antonio tenía muchos vuelos a la Ciudad de México y también era el que nos quedaba más cerca. Además, el tío París nos había ofrecido su carro para que yo la pudiera llevar hasta allá. A Victoria y a mí nos encantó el plan, pero primero tenía que despedirse de todos.

La despedida fue un proceso que se extendió a lo largo de otros tres días. El lunes por la noche hubo tamales para todos, incluyendo la tía Rosita, el primo Azúcar y todos los otros primos y primas, tíos segundos y tías lejanas. El martes llegaron las dos señoras Ordoñez para despedirse de Victoria. Todos se reunieron en la mesa comunal para disfrutar los tamales que habían sobrado de la noche anterior, con pastel. Antes de que se fueran, la abuela les dio una bolsa de tamales para su hermano Mundo.

Aquella noche había una cena de despedida en El Moderno con todos. Llegaron Graciela, Mercedes, las hermanas Luisa y Rosita Hernández. Era una cena inolvidable. El tío Cristiano llegó, como siempre, muy catrín. El tío Esteban tomó el micrófono para hacer un tributo a Victoria que nadie esperaba. Era muy sincero y fue recibido con un gran aplauso en el restaurante. Cuando la emoción llegó a sentirse muy fuerte en nuestra mesa, el tío Esteban desvió esa energía, poniéndose a cantar *Farolito* y *Solamente Una Vez* para todos en El Moderno. Fueron tantas personas que siguieron llegando con Victoria esa noche, para desearle lo mejor en su viaje y en sus estudios.

El miércoles lo pasamos en la casa. La abuela se la pasó en la cocina, manteniéndose ocupada para contener todas las lágrimas y emociones que llevaba por dentro. Ese día hizo tacos de lengua, sopa de fideo, frijoles y un flan de postre. Era muy difícil para los abuelos, quienes se la pasaron llorando y preocupados por cada detalle de su bienestar, no obstante que Victoria tenía todo en orden y ya estaba muy entusiasmada por empezar la siguiente etapa de su vida.

El jueves llegó el tío París muy temprano para recogernos, haciéndonos el favor de llenar el tanque de gasolina y pasar hasta la casa por nosotros. Nos ayudó con las maletas y también en distraer a los abuelos de su tristeza, al momento de darle el último abrazo y decirle adiós a Victoria.

—Gracias por venir por nosotros —le dijo Victoria.

—No hay problema. Aproveché para llegar a la tienda de licores. Aunque no me gusta dejar el carro así en la calle.

—Aquí es muy seguro, no pasa nada —le aseguró ella.

Le dimos para Eagle Pass, pasando sin problemas por la aduana, a pesar de que íbamos muy apachurrados en el carro. Solamente tuvimos que llegar por la otra ventana al fondo y pagar la tarifa por las botellas de brandy y tequila que importaba el tío.

Cuando llegamos a la casa de los abuelos paternos, salieron para despedirse de ella.

—¡Que todo te vaya bien Victoria! ¡Estamos tan orgullosos de ti!

—¡Gracias!

—¿A qué hora es tu vuelo?

—A las ocho de la noche.

—Qué bueno que vayan con tiempo.

—Si les da tiempo —decía el abuelo paterno—, deben de pasar por el centro de San Antonio. Hay un restaurante muy bueno que se llama Mi Tierra. A un lado de la 35, en la calle Dolorosa. Allí le puedes preguntar a la gente, son muy amables.

—También está Earl Able's en Broadway —dijo la nana—. ¡Ese es muy bueno!

—Muchas gracias, a ver si nos da tiempo.

El abuelo paterno y la nana se despidieron de Victoria con unos abrazos enormes. Era un adiós breve, pero muy sincero, que no carecía de palabras, buenas intenciones o sentimientos.

Nos subimos al carro y me acomodé en el asiento del conductor, fijándome bien en todos los indicadores, los espejos y la caja de cambios. Ya listo, metí la llave, arranqué el motor, pisé el embrague y solté el freno, dejando que la gravedad nos llevara de reversa hasta la calle. Entonces le di muy, muy despacio hacia la Del Rio Boulevard, para que Victoria y los abuelos paternos se pudieran seguir diciendo adiós con las manos, hasta que ya no los vimos.

Pocos minutos después ya íbamos en la carretera 57 del norte. A 10 minutos de la salida de Eagle Pass, pasamos por la segunda aduana. Aquí es donde revisan a todos los carros que van al interior de Estados Unidos, demarcando una extensión de la frontera y la siguiente capa, que es gruesa. Pensé que me iban a molestar debido al Porsche, pero Victoria siempre nos había traído buena suerte con los agentes de migración.

—¿A dónde van? —nos preguntó.

—A San Antonio, al aeropuerto.

—¿Y a dónde van a volar?

—Yo voy a la Ciudad de México —dijo Victoria.

—Yo la estoy llevando y luego me voy a regresar —dije, pero el agente pareció ignorarme.

—¿Ustedes vienen a Estados Unidos para volar a México?

—Sí —dijo ella—. Es el vuelo más directo y más barato.

—¿De quién es el carro?

—De nuestro tío.

—¿De su tío?

—Sí.

Le contestamos directamente y sin vacilar. El agente dio unos golpecitos al lado del coche con nuestros pasaportes mientras se nos quedó mirando por un rato. Después dio una ronda alrededor del carro. Pensé que tal vez me iba a pedir que le mostrara los papeles del carro o que le abriera la cajuela, que hubieran sido los siguientes pasos lógicos si quería seguir indagando. Pero no fue así.

—Ustedes tengan muy buen viaje —nos dijo, devolviéndonos los pasaportes.

El camino se abrió ante nosotros. Había unos lagartos que parecían evaporarse en la carretera bajo el sol, mientras le seguimos dando, ahora entrándole a la música del tío París.

—¿Qué casetes tiene el tío?

—El género del tío es puro metal y roquero…

—Ja, ja, ja. ¿Prefieres escuchar otra cosa?

Victoria buscó un casete en su mochila, mientras tomé el carril izquierdo para pasar un camión. Había un protocolo en la carretera 57, que los carros más lentos se hacían a la derecha para dejar pasar. Pero todo era más sencillo en el Porsche.

—¿Notaste que el tío se estaba comportando algo raro cuando vino por nosotros? —me preguntó, mientras en el fondo empezaron a escucharse los sonidos y las voces de la banda Timbiriche.

—Definitivamente. Así es el tío París. Si te fijas, él nunca cruza la frontera.

—Le sorprendería saber que no es el único en Piedras que anda en un auto deportivo alemán.

—Ja, ja, ja.

Pasamos por los dos pueblos chicos, La Pryor y Batesville, los únicos pueblos en la 57 del norte entre Eagle Pass y la 35, que forma parte de la red de carreteras estadounidenses y que da a todas las ciudades del norte. Era un viaje de pura añoranza. Victoria se veía tan emocionada por el camino y lo que le esperaba por delante.

Los límites geográficos de nuestra niñez eran las ciudades que quedaban dentro de un radio fijo, que estaban al alcance de un carro o camión. Siempre había la esperanza de salir del rancho, como lo llamaba el abuelo. Los anhelos y las expectativas siempre desbordaban las oportunidades que ofrecía la frontera. También había esa cultura de conformidad y la realidad subyacente del chisme que regían todo. La frontera era un lugar en donde todos se conocían. Salir a la tienda o al mercado siempre conllevaba una alta probabilidad de toparse con algún conocido, será el amigo o la vecina, o el hermano del exmarido de la sobrina del profe, que se había robado de niño los tamarindos y los pica pica de la tienda de la esquina.

También había una resistencia a adoptar las influencias de los capitolios y del mundo más allá, como cosas que no eran de allí. Las contraculturas de las ciudades grandes y el arte de apreciar lo diferente y lo curioso parecían ser conceptos ajenos en aquellos tiempos. Debido a todo esto, siempre había cierta renuencia a atreverse a hacer las cosas diferentes. No obstante, siempre había un segmento de la población que lo hacía a su manera. Siempre había aquellos desapercibidos que miraban las oportunidades y las fronteras más allá, cuyas normas eran distintas, esperando su tiempo para aprovecharlas.

La inercia del abuelo paterno y su trayectoria de vida siempre iban hacia el norte. Había que hablar inglés, entender su historia y dedicarse a su afán, todo para hacer viable la vida en Estados Unidos, para luchar y perseguir aquel sueño estadounidense, sin ser reducido por la discriminación que había en todas partes.

Victoria y yo siempre habíamos pensado en las ciudades grandes, pero nuestros anhelos aspiraban hacia ambos lados. San Antonio, Monterrey, Los Ángeles, Guadalajara, la Ciudad de México, Nueva York… Más allá. Jamás se nos ocurrió que ya estaba dejando la frontera y su hogar, como ella los conocía, para siempre.

Ese día era simplemente el siguiente paso hacia adelante, en el seguir andando que nos obliga la vida.

De la 35 pasamos la 1604 y luego la 410. Ya estábamos en la entrada de San Antonio y sentimos la densidad de aquella ciudad. Era mucho más grande que la frontera, aunque todavía lejos de lo que sería la Ciudad de México para Victoria. Tuvimos tiempo para llegar a comer a Mi Tierra y luego fuimos a caminar por el Paseo del río. Era un día soleado y había una brisa muy suave que acariciaba la superficie del agua.

Me sentí tan agradecido por tener ese tiempo con ella. No solamente era mi hermana, que me había guiado y enseñado todo. Era mi cómplice en la vida y en la búsqueda por saber más de nuestros orígenes e historia familiar. Era la persona con quien cruzaba el puente todos los días para ir a la escuela. Era mi mejor amiga.

El tiempo con ella se esfumó en el Paseo del río.

Regresamos al carro y veinte minutos después estuvimos en el aeropuerto, ya que se estaba acercando la hora de su vuelo. Me despedí de ella dentro de la terminal y luego me puse a mirar los monitores, para ver a dónde iban todos los otros vuelos de San Antonio. Había muchos vuelos a Houston y a Dallas, estos eran los más comunes. Había vuelos a Chicago, Denver y Los Ángeles. Un vuelo a Washington, D.C. Un vuelo a Newark. También había varios a la Ciudad de México, Guadalajara y Monterrey.

A partir de entonces, ya sabía cómo llegar. Todo se abrió como un nuevo lienzo. El aeropuerto era la extensión del tren y el puente de Santa Claus de mi niñez, el portal al más allá. Así de sencillas eran las cosas.

La fundación de México-Tenochtitlan tuvo lugar aproximadamente en el año 1325. Desde entonces, ha sido poblado continuamente por los seres humanos, por los individuos que han pasado noche tras noche dentro de su esfera, formando una larguísima cadena de noches de toda variedad, noches que vinculan el pasado con el presente en secuencia. Han sido noches de sacrificio y de sangre, de asedio, viruela y resistencia. Noches de lujo y de regocijo. Noches de escasez, de inundación y sequía, de sometimiento; de resistencia y tristeza; de privilegio y placer, de engaño y violencia, de pobreza y riqueza. Noches sacudidas por la tierra envolviéndose en sí misma, y de réplicas incesantes. Noches de canto y baile, de cultivo y fusión a través de todos los ejes; lentas y vertiginosas. Noches de bellas artes y de música, de fiesta y de poesía, noches dotadas de una modernidad manifestada en el pulso y el seguir andando de todos los seres.

A toda esta historia se sumó aquella noche de Victoria y el aterrizaje del avión que la transportó mediante unas olas fuertes de turbulencia a la siguiente etapa de su vida. Era el otro lado del viaje que había empezado hacía muchas horas en Piedras Negras.

Victoria llegó con el corazón acelerado a recibir una bienvenida cariñosa y familiar del tío Emilio, en la sala de llegadas del Aeropuerto Internacional de la Ciudad de

México. Recogieron las maletas y de allí los dos se fueron a tomar un taxi. Había mucho tráfico y muchas calles estaban inundadas, debido a los aguaceros que había desprendido la tormenta justo antes de su llegada, que era la raíz de la turbulencia que impactó el descenso de su vuelo.

Era medianoche cuando llegaron a la casa del tío Emilio. Se sentaron a tomarse un té, mientras Victoria le platicó todo sobre la familia, sobre sus estudios y los detalles de los días siguientes, sin fijarse en la hora. Por fin se retiró a la recámara donde iba a dormir, ya vencida por el cansancio. En unas horas le tocaba presentarse en la UNAM para hacer un recorrido de Ciudad Universitaria y empezar a situarse en su departamento, donde iba a vivir.

Antes de acostarse, encontró sobre el escritorio, a un lado de la máquina de escribir, una serie de cartas que habían sido enviadas hacía muchos años y que venían de la casa de los abuelos. Ya estaba fundida por el viaje y a punto de acostarse, pero este detalle repentinamente le llamó la atención. Supuso que las cartas eran del abuelo, pero se acercó más a ver de quién eran.

Las cartas eran de La niña y fueron enviadas a Jorge Tamayo.

Noticia

No lo supimos todos en un solo instante. Fue algo que pasó desapercibido por un rato para mi generación, que poco a poco se percibía a través de los rumores y el descontento que se iba instalando en la familia, sobre todo en el bienestar de los abuelos.

La raíz se trataba de una noticia ajena que había llegado una tarde aleatoria. Era una noticia que provenía de las fuerzas externas, que rompió la inercia y la trayectoria de la familia y que no se había contemplado dentro de las posibles variantes del todo. Quizás el silencio y la razón, porque no me había enterado de la novedad, procedían de la reacción inicial de los abuelos, que consistía en una negación absoluta, que no se veía atenuar con el tiempo. O tal vez era una forma de desplazar lo que ya sabían en el fondo, a través de su sencillo deseo de mantener las cosas como eran. Además, supongo yo, había algún intento de negociar un desenlace alternativo. Pero ya que nos lo dijeron, constataba el hecho de que se iba a vender la casa de los abuelos.

Todos nos desplomamos por dentro al saberlo. Era la casa que habíamos ocupado ya por tantas décadas. Casa de cuatro generaciones, que guardaba toda la historia y los secretos provenientes del pasado. Casa que no solamente nos pertenecía entonces, sino en el porvenir, a través de los recuerdos y la nostalgia, a través de las historias que se contarían a las quintas y sextas generaciones. Ahora era la casa que tendríamos que desocupar antes de fin de año, para que fuera ocupada por los nuevos dueños que ya habían realizado los trámites para la venta y compra. Ni siquiera sabíamos que los abuelos no eran los propios dueños de la casa, pero que la habían alquilado todas las décadas anteriores. La casa de repente tenía tiempo limitado y una fecha de entrega.

—No sé de dónde fregados salió esto —le dije a Victoria con el teléfono en una mano, arrancándome el cabello con la otra—. ¿Sabías que la casa no era de ellos?

—Ni lo había pensado.

—Yo tampoco…

Nos pegó duro a todos, especialmente al abuelo, quien lo seguía negando hasta el día en que nos fuimos.

—Yo no me voy —decía con una convicción inquebrantable, justo como decía la bisabuela cuando el nivel del agua iba precipitadamente en ascenso, aquel junio funesto de 1954—. Yo me quedo aquí.

Mientras tanto, el tío Esteban se dedicaba a solucionar lo más urgente: ¿A dónde se iban a ir a vivir? Eran días de incertidumbre y desconocimiento, que se esfumaron tan rápido que los detalles no se apegaron a nuestra memoria colectiva… Hasta que un día se supo que el tío sí había conseguido otra casa.

A partir de entonces, el tiempo restante se pasó volando. Todo iba irremediablemente hacia la fecha y una supuesta casa en la colonia Río Bravo, que estaba un poco más allá de la Macroplaza, apartada del centro, en las afueras de la ciudad. Salvo para el abuelo, quien se opuso a todo, manteniéndose dedicado a su ritmo y rutina, bien establecidos a través de todas las décadas.

La noche antes de la entrega se sentó como siempre a las 21 horas a cenar arroz y luego un filete de pescado.

Se quedó sentado en el comedor, cerca de donde había quedado su máquina de escribir, a un lado de los gabinetes que ya habían sido vaciados. Los marcos, las fotos, los trastes, el reloj y el calendario ya se habían empacado, pero él pareció no hacerle caso a eso. Se quedó despierto hasta las cuatro de la mañana, su hora de dormir, mirando las telenovelas y las noticias con la abuela.

Era una noche de pocas palabras.

Al siguiente día, se levantó a las doce. Se alistó y se sentó a tomar el almuerzo y el café sin prisa. Después, fue a su recámara para sentarse en la mecedora. Las esferas que eran las extensiones de su ser pertenecían a la geometría de la casa, a los sonidos del centro de Piedras Negras, a las sombras y las líneas delineadas por la luz solar, el calor y el frío, a las otras esferas que eran de todas las casas del vecindario, al vaivén del tiempo y del todo.

—Yo no me voy —se escuchó decir en la última hora, mientras se estaba vaciando la casa a su alrededor, él aferrado a su silla.

4 – Fin

La otra casa

La familia se instaló en la casa que el tío Esteban había conseguido en la colonia Río Bravo. Ya no la estaban alquilando, sino que el tío la compró.

Era una casa humilde de un piso. Era chica y plana, con una entrada de frente. La entrada daba directo al cuarto mediano y rectangular, que no tenía vestíbulo ni espacio para acomodarse. No había lugar para dejar el paraguas, la chamarra o los zapatos. No había suelo para dejar la maleta o las bolsas del mandado. Entrabas y ya estabas en medio de toda la acción. Los muebles delinearon dos espacios chicos y apretados, que eran la sala y el comedor, pero era un solo cuarto.

A un lado del cuarto mediano estaba la entrada a la cocina. Era chica y rectangular, con un refri y una estufa de gas. Al fondo había una puerta que daba a un trozo de tierra baldía, con unos tendederos para secar la ropa y los botes de basura. Regresando al cuarto mediano, más allá de la entrada a la cocina, había un pequeño rincón para la lavadora y la entrada al baño, que era muy chico y cuadrado. Al fondo del cuarto mediano había dos recámaras chicas y rectangulares, cuyas paredes eran el otro extremo de la casa, que colindaba con la pared de los vecinos. No había jardín trasero.

Los abuelos ocuparon la recámara menos chica y el tío ocupó la recámara más chica. En cada recámara había lugar para una cama, un armario y un mueble con espejo. En el cuarto principal metieron todo lo que pudieron. El piano contra una pared. La máquina de escribir a un lado, casi en el rincón. Unos gabinetes que se llenaron de los trastes y vasos que eran los regalos de boda de los abuelos, que aún preservaron su lustre de la época dorada. Las sillas, que quedaron muy apretadas entre todos los muebles y la mesa comunal. Si uno quería sentarse en el banco a tocar el piano, tenía que quitar las sillas y deslizar la mesa para hacer espacio. El sofá modular. La tele. La mecedora de la abuela. La cocina se llenó automáticamente de sartenes, trastes, vasos, cubiertos y toda la despensa.

Y nada más.

Había muchas cosas que no pudimos llevar a la casa, que tuvimos que dejar atrás. La mecedora del abuelo, que él había ocupado hasta el último momento. Todas las otras camas y la cuna. El tocadiscos. La concha. La enciclopedia. Simplemente, no había espacio para todo. La pérdida de *The World Book* era más que nada simbólico y en ese sentido sí nos afectó mucho. Era el legado de la bisabuela y un regalo que había atesorado toda la familia. Dejarlo atrás solamente fue mitigado por el hecho de que el tío Esteban ya se había convertido en una enciclopedia en vivo. Él se sabía todos los nombres, las fechas y las clasificaciones. No solo era un tesoro de datos, sino que podía sintetizarlos para describir todas las grandes olas y los movimientos que habían surgido a través de la humanidad y la naturaleza, desde el inicio. Debido a esto, no faltaron los volúmenes que hubieran ocupado demasiado lugar en la casa.

Sí había lugar para los marcos de las fotos, los retratos de los tatarabuelos, de la bisabuela, de la boda de los abuelos, de todos los niños y niñas. De Victoria diseñando un rascacielos, de Ileana leyendo un libro en la playa, de Antonio con su miniatura de Superman, de mí pegándole a la piñata. Cada pared y superficie fue ocupado por un retrato o una foto que contaba algo del pasado. En la recámara de los abuelos, los marcos empezaron a colgarse desde el lado extremo de la pared y se extendieron hasta el otro, dejando poco espacio entre los marcos. Solamente quedaban huecos de pared, la mayoría rectángulos, pero también había varias elipses y otras geometrías curiosas sin nombre o clasificación en la superficie vertical. Era la única forma de hacer caber todos los retratos en la casa. También había un montón de almohadas, sábanas, cobijas y colchas, que se guardaron sobre uno de los armarios.

Sí había lugar para la imagen de la Virgen de Guadalupe.

La casa quedaba aproximadamente a 2.6 kilómetros de la calle Xicoténcatl y del centro. Donde antes se podía hacer todo a pie, ahora se trataba siempre de ir en carro. Donde antes los abuelos dejaban la puerta abierta para recibir las visitas que llegaban al azar de la tarde, ahora se trataba de planificar la hora y el transporte. Esto no cuadraba con su ritmo o cultura. La abuela perdió toda la espontaneidad de recibir a sus amigas de visita a cualquier hora de la tarde, de salir y hacer todos los mandados a pie, de llegar a los restaurantes y a la iglesia y al puente internacional bajo su propio esfuerzo.

Donde antes eran tres cuadras a la casa de las hermanas Luisa y Rosita Hernández, cruzando la calle para llegar a la farmacia, una cuadra a la carnicería, seis cuadras a la panadería y cuatro cuadras al Moderno y al Don Cruz, ahora ella se quedaba encerrada todo el día, esperando a que llegara el tío Esteban con el carro, para por fin poder salir y hacerlo todo.

Solía hacer mucho calor en la casa. Sobre todo, durante los meses más cálidos del año. Dos de las paredes exteriores estaban pegadas a las casas colindantes, disminuyendo la eficacia de todo el ecosistema. La única ventana en el cuarto mediano se podía abrir para ventilar el aire, pero era muy limitado. La poca luz solar que entraba era muy gris, careciendo de brillo y color. No había ningún otro vínculo con la naturaleza, ningún reloj natural o social, ningún ritmo con el que uno se pudiera relacionar. Era fácil olvidarse de la hora, la época del año y el discurrir del tiempo en la casa.

El tamaño y la geometría tampoco permitían que siguiera siendo la casa de todos. Solamente había lugar para las camas y los armarios que pertenecieron a los abuelos y al tío Esteban. En el fondo, lo que esto significaba nos impactó mucho, aunque nunca lo discutimos. Era una brecha enorme entre cómo se hacían las cosas antes y las expectativas que yo tenía de niño, entre familia y comunidad, que trascendían todas las etapas de la vida.

Por fortuna, este aspecto no era sumamente problemático en la vida cotidiana. Victoria e Ileana ya se habían ido. A Antonio y a mí ya nos estaba tocando hacer lo mismo. Ya había empezado a dejar algunas de mis cosas en la casa de la tía Ronda, donde había más espacio e incluso lugar para dormir cuando yo lo necesitaba. Al inicio era para simplificar la mudanza a la colonia Río Bravo, pero también era útil pasar algunas de mis pertenencias a Estados Unidos, para facilitar mi movimiento hacia el norte y el camino vislumbrado por el abuelo paterno. Esto era sencillo, algo que podía hacer poco a poco y sin prisa.

Hasta que un día, yo también me había ido lejos de la frontera, en el principio para estudiar y, sin saberlo, para no regresar.

Todos los sentimientos, deseos e intenciones de los abuelos seguían siendo los mismos. Siempre iba a haber algún lugar para nosotros. Siempre íbamos a seguir llegando a comer, a dormir, a convivir, a festejar, a desvelarnos y a acomodarnos felizmente entre los suelos y los sofás, compartiendo las almohadas y las cobijas de manera aleatoria.

La abuela solía decir: "Cuando una puerta se cierra, dos mil se abren". Ya no era la casa de cuatro generaciones. La casa de antes. La casa de siempre. Pero sí coincidió con la siguiente etapa de nuestras vidas, que ya se arrimaba. Y así es como nos tocó experimentar el cambio de casa a los de mi generación. Entre nosotros estaba pegando tan fuerte ese impulso de salir a hacer lo nuestro, de viajar, de enamorarnos, de obrar y crear. Era el seguir andando, que ahora nos llamaba a darle con todo. Pero, en el fondo, constataba el hecho de que ya no era la casa de antes. Aun estando lejos, siempre íbamos a sentir esa pérdida y aquel dolor de los abuelos.

De alguna forma, tuvieron que sacar al abuelo de su silla. Ya habían sacado todos los otros muebles y las pertenencias y aún le dieron otro tiempecito allí en su mecedora, la que no iba a caber en esa otra casa. Fueron el tío Florentino y el primo Azúcar quienes lo lograron, quitando un fusible del panel eléctrico para cortar la luz. Las largas sombras de la tarde recobraron vida, extendiéndose hacia el oriente del vacío, desprendiendo nuevos colores en el lienzo tergiversado por el tiempo, llegando a marcar líneas jamás conocidas en aquella geometría de ejes y de polvos ahora congelados para siempre. Ya era tiempo de sacarlo.

Antonio era el último de los nuestros en salirse. Se dio un último recorrido, caminando desde el centro del laberinto, pasando por el vestuario, por debajo del portal al ático, a la recámara de muchas camas, a la de los abuelos, regresando por el comedor, a la cocina, girando y pasándose por la sala y la alambrera. El patio lo recibió por la diezmilésima y última vez. Cerró la puerta de madera y escuchó cómo retumbó con el eco de la casa vacía. Metió la llave por fuera y la giró. Entonces se asomó por la ventana y alcanzó a ver la casa vacía una vez más. Ya no había más que hacer. Solamente dejarse ir.

Cerró la puerta del patio y así se fue.

¡Felices fiestas!

La Navidad y el fin del año seguían siendo tiempo sagrado para la familia. Independientemente de dónde estuviéramos Victoria, Ileana, Antonio y yo, seguimos regresando a la frontera para estar con todos.

Cada otoño ya empezaba a añorar el árbol de Navidad de la casa de los abuelos. Yo siempre recordaba desde lejos el escenario en la sala, los focos de colores, los villancicos, el florero y el piano, los efectos temporales del espacio, la convivencia y los tamales. Esto ya era una nostalgia fuertemente arraigada que se vinculó a nuestro ritmo anual, para manifestarse automáticamente con la temporada. Debido a esto, yo siempre quería pasar las fiestas allí en Piedras Negras. Cada año era distinto, dejándonos ver la paulatina evolución de nuestro tiempo. Ya estando allí, todo el tiempo se difuminaba entre llegada y salida. No importaba cuáles eran las fechas precisas, siempre se trataba de festejar y convivir, dando abrazos y diciéndole Feliz Navidad y Feliz Año Nuevo a todos.

Llegó aquella Navidad que era marcadamente distinta a todas las anteriores.

Parecía que todo había cambiado desde la repentina muerte del abuelo. Era gracias a nuestra tradición, de regresar a casa y reunirnos, que pude conseguir algún alivio de las heridas y angustias de su ausencia. Al inicio, el golpe de no verlo sentado en el sofá me pegó muy duro. Recordaba mi última conversación con el abuelo por teléfono, hacía dos meses.

—¡Nos vemos en diciembre! —le había prometido, pensando en los tamales, las luces navideñas y las fiestas.

A los pocos días me llegó la noticia que el abuelo había fallecido, con la crueldad de un ocaso que llegó demasiado temprano y que terminó marcándome para siempre. Estaba hundido en mi soledad y tristeza y no había forma de llegar a su funeral para estar con todos. Solamente fue gracias a mis amigos cercanos que pasé por esos días tan oscuros, pero todavía me faltaba regresar a Piedras Negras y volver a tocar el suelo del abuelo. Ahora nos tocaba hacer todo eso en su ausencia, aunque su espíritu se sentía tan fuerte por todos lados, como una gravedad proveniente de una enorme estrella.

Fue allí, en la otra casa y en Piedras Negras, donde empecé a recobrar la paz en el corazón. Por fin llegaron los abrazos de consuelo y amor que no pude dar o recibir en su funeral. Fue entonces, a través de todos los días de reuniones y de fiestas, mitigadas por la tristeza de la abuela y nuestra preocupación por ella, que empezamos a dar los primeros pasos juntos hacia una verdadera sanación.

No había lugar en la otra casa para hacer la plataforma grande de antes, para armar todo el nacimiento, pero sí había luces de colores delineando la ventana enfrente de la casa y siempre había lugar para un árbol chico y sencillo.

Lo que más extrañábamos en la vida cotidiana era la cocina de la abuela, donde siempre llegábamos a comer de sus delicias: guisado con calabaza, arroz, frijoles, chorizo con huevo, tortillas de harina. Como antes, siempre había un pastel volteado de piña o galletas de Navidad sobre la mesa. Todo esto me hacía pensar en el abuelo entrándole con gusto al plato de arroz, ya lejos de la máquina de escribir y las últimas noticias. Todo esto me llevaba a nuestra niñez en la calle Xicoténcatl.

A veces coincidimos todos y volvimos a lo de siempre. Llegábamos y nos pasábamos los días reuniéndonos con familiares y amigos de ambos lados. Con el tío Cristiano, la tía Nicolasa, la tía Norma, la tía Ronda. Esto nos mantuvo fuertemente arraigados a toda la familia y la frontera, aunque ya habíamos empezado a echar raíces y establecer nuestras propias vidas lejos de allí. Como antes, nadie dormía antes de las 3 de la mañana en la otra casa. Cuando la abuela por fin se retiraba a su recámara, los demás nos dividíamos entre los dos sofás, el suelo en la sala y el suelo en la recámara del tío Esteban. Repartíamos entre nosotros todo lo que era útil para dormir: las sábanas, las almohadas, las colchas y los cojines. A veces no dejábamos dormir. Nos despertábamos adrede. Nos aventábamos las almohadas.

Nos quitábamos las colchas en los tiempos de frío y apagábamos el abanico en los tiempos de calor. Jugábamos continental hasta las 5 de la mañana. Así la pasábamos.

La abuela y el tío Esteban parecieron encontrar un nuevo equilibrio en la casa sin el abuelo, ya acostumbrados a las idas y venidas de nosotros. Verla recobrar su propia paz interior nos trajo mucho alivio, que nos iba a servir de lejos. Cuando empezaba a sentir que éramos muchos, me quedaba a dormir en la casa de la tía Ronda en Eagle Pass. Yo era joven y solamente necesitaba un sofá o un suelo para dormir. También, había las visitas espontáneas y aleatorias que ocurrieron a lo largo de todo el año. Pero estas no eran coordinadas y siempre se diferenciaban por quienes estaban y no estaban.

—El único constante es el cambio —solía decir la abuela.

—Y el PRI —añadía el tío Esteban con sarcasmo, cuando la escuchaba.

Ella tenía toda la razón.

Cada vez que regresaba, destacaba todo lo que seguía siendo igual que antes. Así se caracterizaba la región. También resaltaron todos los cambios que no me tocaron ver de cerca. El estreno del nuevo puente internacional. Las despedidas de algunos. Las llegadas de otros. Las mudanzas entre los dos lados. El nacimiento del sobrino Panchito. Aunque ya había el segundo puente, solíamos pasar por la casa en Xicoténcatl para llegar al puente del centro. Ahora éramos nosotros los que hacíamos fila en la calle Matamoros, mientras el ladrillo ocultaba el espacio del otro lado, que ya no nos pertenecía. Lo bueno es que no tardaron en cambiar todo el aspecto y la fachada cuando salimos de la casa años atrás. Cambiaron todas las dimensiones físicas y la pintaron. Ya era otro espacio. Esto nos ayudó en el seguir andando que requería la vida. Hubiera sido peor seguir pasando para ver el mismo exterior. Ya no era esa casa y no le iba a pertenecer a nadie más.

La casa de los abuelos ya no existía en el campo físico de Piedras Negras. Pero sí en nuestros recuerdos e historias. Sí en nuestros corazones. Sí en el andamio del espacio-tiempo. Sí en la fábrica de lo que éramos y somos.

Aquella vez hacía frío. Antonio y yo anduvimos en la Van de la tía Viviana. Habíamos salido a dar la vuelta por la Avenida Carranza. Fuimos a escuchar música al Kokomo, después a comer unas hamburguesas súper sabrosas a las dos de la mañana. Ya era muy noche cuando regresamos y nos estacionamos enfrente de la otra casa. Sin entrar, vi que habían llegado la tía Rosita con los otros primos. A la vez sentí que ya éramos muchos. De repente me harté. No quería entrar a la casa y debatir quién iba a dormir en qué suelo y con qué almohadas y colchas. Estaba cansado. Así que me quedé dormido en la Van, acomodándome en la parte trasera del vehículo, donde había un asiento con un colchón, tapándome con la chamarra.

Horas después, escuché que alguien llegó a tocar la puerta de la casa para pedir limosna.

—No tengo nada —oí al primo Azúcar decirle—, pero ve a la Van y pídele al que está allí adentro. Él sí tiene pesos.

—Pinche wey —pensé al escucharlo.

El tipo llegó enseguida conmigo, tocando a la ventana de la Van... Hacía bastante frío y todavía no había amanecido el sol, aunque todo se veía muy claro por la luz del crepúsculo. Me incorporé para darle unos pesos, diciéndole buenos días. Después entré a la casa y me puse a buscar algo de comer, mientras los demás seguían acostados. Entre la disco y el frío, todavía tenía mucha hambre y no había optado por la segunda hamburguesa. Antonio sí se había comido dos y ahora estaba acostado bien tranquilo.

—¡Azúcar! —llegué con el primo, quien estaba acostado en el sofá, fingiendo estar dormido—. Vamos a hacer unos huevos con win...

Pero él todavía no quería levantarse.

—¿Wey, dónde están los Milky Way?

Abrí todos los gabinetes para buscarlos, pero no los encontré.

—¿Ya te los acabaste?

Con cada visita y despedida parecía que el tiempo se iba acomodando. Con las primeras visitas todo seguía sintiéndose como antes. Tenía la verosimilitud de ser la misma frontera. Pero, a profundidad, eran una serie de cambios paulatinos, pero impactantes, que me alejaron más y más. Al mismo tiempo, y sin saberlo, seguía sembrando nostalgias que iban a brotar más allá en el tiempo.

De repente, llegaron las visitas en las que empecé a quedarme en un hotel en la carretera 57. Así dormíamos mejor y parecía ser lo más sencillo para todos. Aunque se sentía extraño, como si hubiera perdido mi propio hogar y el derecho de decir que estaba en casa.

Sí habría más historias que contar a través de los años. El gran robo de las hamburguesas con queso que dejó a los descuidados con hambre y envidia. La venta de la casa de los abuelos paternos y su traslado hacia el norte. La enorme reunión con toda la familia extendida de los tatarabuelos. Entrenando para el maratón de Nueva York, haciendo vueltas en la Macroplaza. El andamio, la historia y las esferas seguían sintiéndose por todos lados. A esto se sumaba la nostalgia y el olvido, y sobre todo, la ausencia del abuelo.

En el fondo lo sentí como un agüero enorme, que apuntaba algo más. Algo tan aterrador y espantoso que solamente podía atenuarse debido a su vaguedad.

¿Cuál es la diferencia entre el pasado reciente y el pasado lejano? El más allá, apartado en silencio a través de todos los ejes.

Casi lograba volver a ubicarme allí con ellos, pero con cada visita era menos. La memoria y los recuerdos no me llegaron ayer. Ya se habían instalado hace tiempo. Ya adquirieron cierta madurez. Ya perdieron su inocencia.

Por el otro lado, todavía desconocían el porvenir y las nuevas nostalgias que brotarán, veinte mil soles más allá de las sonrisas que adornaron aquella época dorada, marcada por amor, amistad y la bella juventud.

Remolino Flores

Yo estaba en el metro en Nueva York cuando empezaron a entrar todas las llamadas. Ileana fue la primera. La señal no estaba muy fuerte y había mucho movimiento en el tren, así que no contesté.

—Le hablo a la noche —pensé.

Antonio fue el segundo. Entonces ya sabía que algo estaba pasando, no obstante, le seguí dando hacia mi destino. Tenía una reunión esa tarde y no tenía sentido desviarme por dos llamadas perdidas. Un rato después, llegué a la estación 14th Street–Union Square y subí a la calle. Era otoño, la tarde fresca y despejada. Las sombras largas se estaban estirando en diagonal a través de Manhattan, vislumbrando los días de frío y oscuridad que poco a poco se iban acercando.

Para entonces había perdido dos llamadas de Ileana, una de Antonio y una de la tía Viviana. Caminé unas cuadras y, como de costumbre, volteé la mirada hacia el sur, donde antes estaban las torres gemelas. Me estremeció el vacío en el cielo, como una ausencia inédita, que esa tarde me hizo sentir el espacio de un alma recién desocupada de su cuerpo.

El tiempo se dilató.

Victoria estaba en la UNAM dando un discurso a unos alumnos de arquitectura, cuando le empezaron a entrar todas las mismas llamadas. Las de Ileana, Antonio y la tía Viviana. Y un rato después, las mías. Pero no tuvo su celular consigo y no las recibió hasta después.

Todos compartimos los mismos sentimientos y las mismas lágrimas al escuchar nuestras voces, sabiendo que la abuela había fallecido. Me sentí abrumado. Era el inicio del camino que ahora nos tocaba dar sin ella. Ni sabía por dónde empezar.

Tampoco pude alejarme de la noticia que me había llegado años atrás, cuando falleció el abuelo, noticia que me pescó en otro otoño, a poca distancia de donde estaba entonces. Ya empezaba a sentir los mismos dolores de esa herida, hundiéndome en la soledad de no haber estado en su funeral. Las circunstancias no me permitieron viajar a México cuando murió el abuelo. No había tiempo. No había dinero. No pude ir. Tenía que crear mi propio espacio para sanar allí donde estaba.

Por un tiempo breve, supuse que tenía que ser igual con la abuela. Pero no era como antes. Era otro tiempo. Ahora sí tenía autonomía y agencia. Ahora sí podía pagar el boleto. Ahora sí había tiempo para lidiar con las fuerzas ajenas que regían los horarios de los vuelos y hacer todo lo posible para llegar a tiempo al funeral, que era la próxima tarde en Piedras Negras. Regresé al departamento de mi novia, quien estuvo fuera de la ciudad. Mandé unos emails a mis colegas, informándoles que iba a estar fuera por unos días, empaqué mis cosas y conseguí un vuelo con escala a San Antonio. Era la opción más directa y eficiente. Al mismo tiempo, le seguí llamando a Victoria, mientras buscaba para ella vuelos de la Ciudad de México. No fue hasta muy noche cuando por fin pudimos hablar. Al inicio la sentí muy lejos, aunque el plan ya estaba en marcha y pronto íbamos a acortar la distancia. No hablamos mucho, sabiendo que el día siguiente iba a ser pesado y a ella todavía le faltaba empacar. Entonces puse el despertador y me acosté para aprovechar las cuatro horas restantes. Era el paso lógico. Más que nada, necesitaba mantenerme encima de la cascada de emociones, para asegurar que iba a llegar.

Los sonidos de la ciudad nocturna siempre me habían arrullado. Desde que era niño, me había acostumbrado a dormir con todos los sonidos de la calle, los camiones y los carros, los perros y la gente cuyas olas sonoras nos llegaron a las recámaras, amortiguadas por el ladrillo y los movimientos del río. La abuela llegaba con nosotros cuando éramos muy chicos, nos tapaba con la cobija, rezaba, nos decía que nos quería mucho, apagaba la luz y cerraba la puerta. Al inicio era muy obscuro, pero no tardaron en dilatarse las pupilas. Entonces destacaron todas las sombras, las líneas y las nuevas geometrías que eran el andamio de la noche y las criaturas que vigilaban los sueños. Me quedaba acostado muy cómodo en la cama bajo la cobija, así como me había dejado la abuela. Aunque ya no era Piedras Negras. Era Nueva York. Esta ciudad jamás carecía de movimiento y sonido. Solamente tenía que dejarme dormir.

Pocas horas después, el día comenzó con un taxi frío y obscuro al Aeropuerto de La Guardia y los dos vuelos a San Antonio, que parecieron tardar una eternidad, hasta que por fin llegó el alivio tan deseado…

Allí en la sala de llegadas, a la una de la tarde, muy cerca de donde me había despedido de ella aquel jueves en los 80, allí entre todos los otros pasajeros, apareció de la nada con su bolsa y un maletín. Allí estuvimos, hermana y hermano, reunidos al azar y a la piedad de las fuerzas superiores. Verla y abrazarla dieron inicio a las siguientes lágrimas, pero poco a poco me sentí menos abrumado, como si ahora sí pudiera lograrlo con ella a mi lado.

Ya estábamos listos para comenzar el viaje a la frontera. Nos subimos a un carro de alquiler y luego le di hacia el sur, tomando la carretera 281 a la 35. Solamente que ya se nos había hecho largo el día y sentimos que no íbamos a llegar hasta Piedras Negras sin algo de comer. Sin perder mucho tiempo, nos paramos en un restaurante en la Southcross Blvd, para alimentar la capa de existencia que requería de los tacos y el café.

—Los tacos están bien ricos… —le dije, echándoles bastante salsa roja.

—Sí, están bien. Aunque tú has estado en Nueva York.

—Ja, ja, ja. Tienes razón.

La densidad de San Antonio empezó a desvanecerse pasando la 410 y la 1604. De allí en adelante, se abrió todo el campo rural del sur de Texas y la cortina que daba a México. El cielo era un azul desbordante que se matizó con el horizonte, como una manta que se iba a adueñar de las nubes y las noches restantes, para envolver todo en la inevitabilidad de su infinito.

—¿Recuerdas la nevada que nos tocó en 1985?

—Sí, la recuerdo. Tuvieron que cerrar la escuela por tres o cuatro días.

—Sí, así fue. Recuerdo que la abuela se la pasó en la cocina, como si nada. Hizo una cazuela de pozole y un jarro de frijoles, que nos duraron tres días. Ella quería salir a sacar la nieve con la escoba del abuelo...

—¿Con la escoba que usaba para barrer la banqueta?

—Sí, aquella. Quería limpiar todo para que sus amigas pudieran llegar a la tertulia.

—Ja, ja.

—Pero obviamente no iba a hacer nada con esa escoba.

—No, nada.

—Ni podían salir de sus casas las pobres, no tenían los zapatos adecuados para esa nieve.

—Ja, ja. Esa era la nevada del siglo para Piedras Negras. No creo que haya habido otra que haya llegado a tal nivel en toda su historia...

Desde lejos, percibí la señal verde sobre dos postes que anunciaba la salida a la carretera 57. Dos minutos después, saliendo de la carretera 35, vi la otra señal verde con dos flechas hacia la derecha que decía: "Eagle Pass 98" y "Piedras Negras 99". Ya íbamos para allá.

Victoria puso a sonar el nuevo disco de Maná, *Amar es combatir*, que se fundió en nuestra consciencia aquella tarde. Todavía lejos de esta realización, ella y yo la pasamos entre la música, el paisaje y la plática liviana, conscientes del remolino que nos esperaba del otro lado.

—¿Pero tú ya te acostumbraste al invierno de Nueva York?

—Pues más o menos. Aunque uno que no es de allá nunca se acostumbra. A veces me siento como extranjero.

—Pero te ha ido bien, ¿no? O sea, con tus amigos, con tu trabajo. Con la novia.

—Sí —sonreí.

—¿Se van a casar?

—Puede ser...

—Ya sabía... ¿aunque ella no se viene para acá?

—¿Para vivir? No, nunca la voy a sacar de allá. Pero sí quiere venir a conocer la frontera y el interior de México. También le estoy enseñando español.

—¡Bravo! Haces muy bien... Pues cuando quieran, se vienen a quedar conmigo.

—Gracias. Yo le diré... ¿A ti, cómo te ha ido con todo?

—Bien. He estado dando discursos este semestre… No sé si te he comentado, pero siempre hay mucha gente que se sorprende al saber que soy de Piedras.

—¿En serio?

—Sí. Incluso mis amigas me dicen que soy de provincia o de rancho, me dicen que soy norteña.

—Ja, ja. Esa es nuestra arma secreta.

—Así es… La mayoría me lo dice con amor, pero me encanta. Aunque también lo extraño.

—¿Qué extrañas?

—Todo depende del día y la temporada. Extraño la imagen familiar, toda la gente del centro, las fiestas…

—Yo extraño el paisaje y el contraste entre el cielo y los colores de las casas y la calle. Ese sentido de siempre estar en la orilla…

—Sí. Extraño la casa en donde crecimos. Allí están todos nuestros recuerdos de la niñez.

—Sí, la casa de antes. Yo extraño la cocina de la abuela y todas sus delicias. Los tacos de lengua y de chorizo con huevo.

—Yo también.

Entonces supimos que ya no íbamos a volver a comer la comida de la abuela. Por la locura de un deseo fugaz, se me ocurrió que existía la posibilidad de encontrar unos frijoles o una cazuela de puerco con calabaza en el refri de la otra casa, algo que habría sobrado de los días anteriores. Esta idea solamente reforzó la certeza de que ella ya no estaba, aunque todavía nos faltaba llegar a Piedras Negras y caer en la gravedad de su ausencia para sentirlo de tal forma.

Al final de ese segmento de la carretera 57, di vuelta a la derecha y entramos a Eagle Pass por la Main Street. Volví a caer en el caleidoscopio y todo el tiempo se tergiversó. Por un instante, me di cuenta de que técnicamente no podía llevar el carro de alquiler a México, cosa que en ese momento me valió. Ni siquiera tenía mi pasaporte, porque la noticia me pescó fuera de casa y no tenía tiempo para ir por él. Estos detalles no se los mencioné a Victoria, porque ella sí se hubiera preocupado y yo no iba a perder otro funeral por nada. Ya sabía que iba a poder ingresar a Piedras Negras y que podía jugármela por el otro lado en la aduana.

Le seguimos dando hasta el puente internacional. Rodamos muy despacio lo largo del puente, dándonos tiempo para ver nuestras sombras de niños andariegos, cruzando con las mochilas de regreso a la casa de los abuelos, debajo de la señal de la aduana que decía: "Bienvenidos a Piedras Negras, Coahuila, México". Dejando la aduana atrás, pasando a un lado de la plaza y el Santuario de Guadalupe, dándole como había hecho miles de veces por la calle Abasolo, nos pegó de nuevo a los dos. Nos sentimos arrancados de nuestras vidas actuales y súbitamente transportados a través de todas las capas y dimensiones de la existencia para regresar al pasado.

Cuando llegamos, parecía que todo el mundo ya estaba en el funeral de la abuela. Todas las generaciones de familiares, las amigas de la tertulia, todas las maestras, las compañeras de vida, los nietos y bisnietos de los tíos bisabuelos, las amigas de niñez y todos sus familiares. Ileana y Antonio, la tía Viviana, el tío Esteban, el tío Cristiano, Azúcar y todos los tíos y tías, y primos y primas estuvieron allí.

Todo era muy solemne. Había amplio tiempo y espacio para que la gente se pudiera despedir de la abuela. Había flores, dedicatorias, velas encendidas. Había abrazos de amor y de consuelo por todos lados. Cuando ya era tiempo para el entierro, abrieron el ataúd del abuelo con una palanca para juntar los restos de los dos. Yo quedé justo a un lado cuando se realizó esto, con la tía Viviana recargándose en mi brazo del lado opuesto. En todos los universos paralelos y en las posibles variantes del todo, nunca me lo había imaginado. El ataúd se abrió como un portal fugaz, permitiéndome contemplar aquella línea infranqueable y presidir inesperadamente lo que yo recibí como un segundo entierro del abuelo. A partir de entonces, ya no existía aquella soledad de no haber estado en su funeral. Ya no tenía que llevar ese dolor conmigo. Era un regalo celestial.

También estuvo la menos esperada por todos. Una esfera cuya energía era solamente de paz, amor y sanación. La sentimos todos como una fuerza superior, llegando a abrazar, a tocar, a acariciar las almas que más necesitaban recibir de su luz. La sentimos por todas partes, andando, flotando, deambulando entre todos. Entonces llegó con Victoria y conmigo. Sin saberlo, éramos nosotros a quien buscaba. Volteamos y nos quedamos frente a frente con ella. La reconocí de inmediato. Tenía la misma cara delgada, el mismo cabello liso, los mismos ojos cafés que en todas las fotos, los mismos anteojos de plástico. Era la misma figura de antes, la leyenda de todas las historias de la casa de los abuelos.

Era La niña.

—Qué gusto verlos. Qué hermosos son los dos. Quizás no me reconocen. Yo soy Inés.

Su voz era suave y sincera. Recibí su esfera, que es la máxima extensión de un núcleo o un ser, a través de todas las capas de existencia, como el aleteo de unas mariposas bailando en pares, entrelazados por una gravedad que solamente pertenecía a ellas, envolviéndonos en su amor. Recibí las olas sonoras de sus palabras, la luz de su rostro y toda la belleza que portaba.

No sabía qué hacer o decir. Mantuve mi posición erguida, casi paralelo a Victoria, quien estaba a mi lado. Entre toda la sopa de emociones, la tristeza por la abuela, la nostalgia por estar con todos, el cansancio de la larga jornada, los nervios desgastados, entre todas mis preguntas y dudas, lo que sabía y no sabía, lo sentí todo revolviéndose en un remolino, que no me iba a dejar encontrar las palabras que quería. Hubiera sido imposible. Salvo que Victoria estuvo a mi lado y ella sí las encontró.

—¿Quién es Jorge Tamayo? —preguntó ella, rompiendo el silencio de nuestro lado.

—Jorge es el papá de los dos. El hermano mayor de París y de Ronda. Ahora descansa en paz.

—¿Por qué nunca lo conocimos? ¿Por qué nos dejaron? —Victoria fue directamente al tema. Quedaba claro que ella hablaba por los dos.

—Jorge estaba huyendo de su familia y de Estados Unidos. Él no quería inscribirse en el servicio o ir a la guerra. Lo temía tanto que se la pasaba yendo a doctores, aunque no tenía nada. Todos le dijeron que su tiempo era limitado, pero no fue así. Eran ataques de pánico. Era un malestar que se puso muy grave. Por eso tuvo que dejar la frontera. Necesitaba irse muy lejos…

—¿Cómo lo conociste?

—El abuelo lo conoció en uno de sus viajes a México. Jorge le escribía seguido de Coyoacán. Yo leía todas las cartas que le mandaba, así era yo. Empecé a escribirle, sin que nadie supiera. Nos escribimos por un rato, hasta que un día, me fui a México para estar con él.

—¿Por qué te fuiste?

Aquí hubo un silencio que parecía ser eterno, en el que ella buscaba las palabras.

—Al inicio era por amor. También era joven. Estar con él era una salida.

—¿Una salida de qué?

Todo el tiempo se tergiversó entre pregunta y respuesta.

—No sé. Estaba cegada por la juventud. Siempre había sentido el llamado de algo más allá de la frontera. No tuve la capacidad de apreciar todo lo que tenía. Llegué a pasar muchos años de remordimiento por esto, pero ya era demasiado tarde para cambiarlo. Probablemente no lo entiendan.

Aquí hubo otra larga pausa.

—Lo siento mucho y no puedo imaginar cómo les habrá afectado. Solamente puedo asegurarles que todo lo que hice fue por amor a ustedes. Sabía que iban a tener la mejor vida posible con los abuelos y que también iban a contar con todo el apoyo de sus abuelos paternos.

Escuché sus palabras y las grabé, para volver a repasarlas una y otra y otra vez, como iba a hacer por el resto de mi vida. Era una explicación que nunca iba a llegar a la altura de lo que fue. Ella lo sabía. Eso hubiera sido imposible. Era un daño que no tenía remedio.

Pero había algo más, quizás proveniente de aquel espacio y el funeral de la abuela, o de su propia belleza y ternura, que admitía otra interpretación. Algo que estaba consciente de las olas del tiempo, de la imperfección en las almas, algo que nos llevó a recibirla entonces y dejar la puerta abierta con ella. O al menos no cerrarla.

Después del funeral, todos los niños y niñas empezaron a correr y a jugar en las afueras del cementerio y en las calles, mientras las personas mayores se pusieron inquietas, no sabiendo a dónde llevar la energía.

Entonces, se escuchó a un tío preguntar: "¿Quieren ir a comer?"

Era una pregunta sencilla e inocente, que hablaba por todos. La respuesta era un sí contundente. Lo que necesitábamos, entonces, era comer y reposar. Y más que eso, necesitábamos estar juntos y poder pasarla, paulatinamente desprendiendo todas las emociones del espectro, siendo quienes éramos y sin que nadie lo dijera de esta forma, aproximándonos lo más que pudiéramos a lo de antes, solo que sin el gran núcleo que eran los abuelos.

Llegamos al restaurante y acomodamos dos grandes filas de mesas y sillas en donde nos sentamos todos. Pronto empezaron a salir las tortillas, las salsas y los quesos flameados. La abuela solía decir: "Es más alegre un funeral en Piedras Negras que una fiesta en Eagle Pass".

Así es como ella lo hubiera querido.

El Moderno

Era el 29 de diciembre. Llegué a Piedras Negras deseándole Feliz Navidad a todos. Estaba tan animado de estar de vuelta por unas horas. Lo primero que hice fue llegar a la otra casa, para ver al tío Esteban y ponerme al día.

—¡Pedro!
—¡Qué gusto verte, tío!

Mientras estaba allí, vi que la casa ahora estaba casi dedicada a su uso. Se había pasado a dormir a la recámara menos chica y había convertido la recámara más chica en su oficina. Todavía estaban los sofás, el piano, todos los retratos y la imagen de la Virgen de Guadalupe.

Nos tomamos un café sin prisa en la mesa comunal. De allí nos fuimos al centro para ayudarle al tío con unos mandados. Entramos al Santuario de Guadalupe. Compramos flores. Pasamos por la tía Norma y su nieto, el sobrino Panchito. Después llegamos al camposanto. Caminamos muy despacio a través de todas las filas de tumbas, hacia el poniente y el atardecer. Era tiempo de frío e íbamos abrigados adecuadamente para la temporada. Acudiendo a la memoria, yo sabía dónde estaba y sabía que teníamos que darle todo derecho por un rato, derecho, derecho, pasando una estructura azul que parecía ser un mausoleo chico, donde la tumba de los abuelos estaría a la izquierda. Dejamos las flores y me puse a barrer la lápida cuando salió un chico, ofreciendo encargarse de la sepultura y mantenerla limpia. Lo agradecí mucho y le di diez dólares para que nos ayudara.

Pasamos un rato en silencio. Vi la inscripción grabada en la piedra que llevaba los nombres de los bisabuelos y los abuelos, repasando las fechas y la dedicatoria de toda la familia. No parecía haber ninguna prisa y nadie se atrevió a decir nada o moverse de allí, hasta que la tía Norma vino a mi lado, brevemente rompiendo el silencio.

—Ella fue su mamá —me dijo, como si me estuviera contando alguna novedad—. Trinidad fue la mamá de la abuela —repitió.

Lo tomé como un comentario redundante, que no esperaba más que una sencilla afirmación.

—Así es —le dije, dejando el comentario y más tiempo pasar, mientras que las sombras se extendían con languidez hacia el lado por donde entramos.

El sobrino Panchito había estado moviéndose entre el camino de tierra y las tumbas, recogiendo piedras chicas y saltando levemente entre los espacios que conformaban la geometría del sitio.

—Parece que Panchito tiene los mismos ojos que el abuelo Francisco —le dije, cosa que la hizo sonreír.

De allí pasamos por los tíos Ana y Ricardo y nos fuimos al Moderno. Era el de siempre, tan elegante y formal, de impecable servicio. Los músicos, los cocineros, los cantineros, los meseros, los asistentes, el que vigilaba los carros, los dueños. Era un negocio de respeto, de buen servicio y amistad.

Nos sentamos alrededor de una mesa mediana. A mi lado estaban los tíos Ana y Ricardo. Del lado opuesto quedaron la tía Norma, Panchito y el tío Esteban.

—Qué increíble estar aquí con todos… —dije, tirando de mi cabello. No pude contener toda la emoción.

De pronto, caí en el viaje de todos los recuerdos y la nostalgia. Ya nos veía a todos, los de entonces y los de antes. Allí nos veía a Victoria, Ileana, Antonio y yo de pequeños, sonriendo y andando entre la cena y las sillas, entre la mesa y la pared, rodeados tranquilamente por los abuelos y todos los tíos y tías que gozaron la música, la plática y la energía que ondulaba entre todas las mesas, dándole máximo destello al restaurante.

El Moderno abrió en los 30. Desde entonces ha sido el sitio de innumerables fiestas y celebraciones para la familia. La recepción de los abuelos cuando se casaron en 1940. Los cumpleaños. Los 10 de mayo. Las bodas de oro. Las cenas y las reuniones imprevistas. Las fiestas aleatorias. Siempre llegábamos y nos quedábamos todas las horas que queríamos, sin prisa. Se trataba del pleno gozar de la vida. Volteé en un instante y vi que estaba llegando el tío Cristiano, impecablemente vestido como siempre. Me paré y fui a saludarlo antes de que llegara a la mesa.

—Disculpe, mesero. Buenas tardes. Queríamos dos güisquis y dos tequilas, por favor.

—¿Alguna botana o Coca-Cola para los niños? —preguntó, atacado de risa.

Llegó a presidir la mesa, sentándose entre los tíos Esteban y Ricardo. Desde que era joven, siempre lo estaban confundiendo con el personal del restaurante. Cada vez que se levantaba, llegaba la gente con él a pedirle botanas y bebidas, de todo. Entonces iba con los verdaderos meseros que ya lo conocían y les pasaba la orden.

Siempre le agradecían la ayuda.

—Seguro, enseguida los atendemos. Cuando quieras, aquí tienes trabajo.

—¡Gracias! —les decía, agradecido por la amistad.

Llegaron los nachos, que eran los mismísimos que se cuentan en todas las historias legendarias de Piedras Negras, los nachos que fueron inventados por Ignacio Anaya en el Club Victoria en 1943, que son la tortilla crujiente, el queso y el jalapeño colocado encima.

El tío Esteban se estaba modulando con brandy, Carta Blanca, los cigarrillos Winston y la plática. Parecía conocer a todo el mundo, levantándose para saludar a la gente que veía, quedándose media hora en la otra mesa y la otra conversación. Ya que llegó la hora indicada, que solamente él iba a saber, se levantó a tomar el micrófono y cantar *Veracruz*, acompañado por Jaime en el piano y Arturo en el violín.

Por fin pasamos el enfoque a la cena, aplicando la misma fórmula que nos ha servido desde los tiempos de los abuelos. Todo giraba en torno a la tampiqueña. Esa noche me perdí en toda la nostalgia de las canciones y los recuerdos y, más allá, en la atemporalidad del andamio cultural del Centro Histórico. Era simplemente inolvidable.

Jamás se me ocurrió que esa noche iba a ser mi última en Piedras Negras.

Quetzalcóatl y el tío Esteban

El tío Esteban despertó en la otra casa. Ya eran las once de la mañana. A unas cuadras de allí, tres personas fuertemente armadas iban en una camioneta negra con cristales polarizados, mientras respondían a los textos que les estaban llegando por los celulares.

El tío Esteban se levantó sin prisa, debido a la gran variedad de achaques corporales que había acumulado a través de los años. Los dolores jamás le impedían disfrutar la vida, incluso se reía de su condición, porque pensaba que esto lo ayudaba a mantener su paz interior y una actitud positiva. Se lavó los dientes, se alistó. Desayunó huevos estrellados, pan con mantequilla y melón. Se puso a leer el *Zócalo* de hace unos días, mientras fumaba un cigarrillo y se tomaba el café.

Para entonces, la camioneta negra había llegado a las calles de la colonia Río Bravo.

El tío Esteban pensaba lavar los platos e irse a la tienda de la esquina. Pero se quedó enganchado por una columna dentro de los "Sociales". Dio una calada al cigarrillo y se rio de algo que leyó. "Ya debería de irme", pensó.

La camioneta negra se estacionó enfrente de la otra casa.

El tío Esteban dobló el periódico y lo colocó al fondo de la mesa, para continuar leyendo en otra ocasión. Se paró y llevó los platos sucios al lavabo en la cocina. Apagó el cigarrillo en el cenicero.

Unos días antes, empezaron a llegar las primeras noticias que no pertenecieron a nosotros, sino a todos. Hubo algo que desató una nueva ola de violencia inédita y sistemática, que asoló a Piedras Negras y a toda la región.

Llegaron las matanzas, las balaceras y los tiroteos. Llegaron los incendios y las desapariciones. Era aplastante y devastador.

Las noticias nos llegaron a través de un silencio apabullante y abrumador, que se instaló por todas partes. De repente, no había chisme. No había noticias. No se estaba contando nada en las redes. Tampoco se sabía quiénes habían sido directamente impactados. Ya no había de los superhéroes que Antonio siempre imaginaba de niño, que eran sumamente buenos y que iban a llegar a rescatar a la buena gente. No se podía pedir ayuda o acudir a la policía, porque se sospechaba que estaban involucrados. No se podía hacer reclamos o exigir justicia para las víctimas. No se podía decir nada, por miedo de ser silenciado por las mismas fuerzas.

Lo único que la gente podía hacer era discretamente tomar cuentas de los suyos.

Antonio estaba en Eagle Pass con su familia y confirmó que allí se encontraban bien. Era el otro lado de la misma frontera, que para él se había convertido en un escudo. No obstante, todos los días estaban llenos de miedo e incertidumbre. Dentro de todo el caos inicial, había hablado con el tío Esteban.

—Yo puedo ir por ti, así no vas a estar solo y puedes pasar un tiempo con nosotros en Eagle Pass. Acá es más seguro.

—Lo agradezco mucho, pero no creo que sea necesario —le había dicho el tío Esteban—, si apenas me puedo mover de la cama al comedor, ¿qué va a querer esa gente conmigo?

—Es que la situación es de miedo. No sé lo que está pasando o hasta cuándo va a estar así la cosa...

—Yo tampoco, pero mira, si yo no estoy involucrado en nada de nada... Yo no tengo ninguna razón para vivir con miedo.

—Ya sé, eso es lógico. Aunque supongo que muchas de las víctimas y sus familias también pensaron lo mismo.

—Yo estoy bien. No necesitan preocuparse por mí.

Hablé con Ileana. Ella estaba en Tijuana. Allá había encontrado su llamado, su playa y un hogar que le quedaba bien, donde ella podía disfrutar la vida fronteriza y seguir aprovechando los beneficios de ambos lados.

—No sé qué está pasando —me dijo con voz alarmante—, pero si te metes a googlear las últimas noticias... lo poco que hay, pues se ve bastante mal.

—Ya sé... Prefiero no saber.

Era el mismo lado de la otra frontera, más allá del río y el desierto sonorense, donde la línea divisoria deviene una cerca oxidada, como una cicatriz, que se atreve a extenderse a través de la playa y cortar la belleza del Océano Pacífico.

—Ahora fíjate, Antonio está en Eagle Pass y ya no quiere pasar para Piedras con su familia.

—Sí, ya sé. Hablé con él hace poco. Ofreció traerse al tío Esteban, pero se negó.

—Al tío no lo vamos a sacar de Piedras. Es su querido rancho. ¿Quién lo puede culpar por eso?

Pensé en el abuelo, quien se quedó aferrado a su silla; en la bisabuela, quien se quedó en la casa cuando estaba subiendo el agua; en los bisabuelos, quienes se quedaron firmes en su hogar en la calle Zaragoza durante la Revolución…

—Pues sí. Se entiende.

Tan pronto que Eagle Pass despertó para saber que algo estuvo muy mal, me habló el tío París.

—Tú y Victoria ya no pueden regresar a Piedras Negras. Ni se les ocurra…

—¡Achís! ¿Y eso?

—Es demasiado peligroso.

—Ay, por favor… Eso suena como la misma canción de siempre.

De niño, él siempre quería pelear en la escuela y en las calles de Eagle Pass, pero al mismo tiempo le tenía miedo a Piedras Negras.

—No. Esto es nuevo.

—Pero es nuestro hogar, de allí somos.

—Eso no importa.

—¿Cómo qué no importa? —me ofusqué—. Tú no tienes el derecho de decirlo así.

Aunque hubiera sido imposible, sentí que detrás de él estaba el abuelo paterno.

—No entiendes, esto es otro nivel de crimen y es demasiado peligroso. Ustedes no pueden regresar.

—¿Cómo no? A ver, ¿cuál es la vez pasada que tú fuiste a Piedras?

—¿Y eso que tiene que ver?

—Es que a ustedes les metieron ese miedo a México, esa variante gringa que viene de Hollywood y las leyendas de Pancho Villa.

Aquí hubo otra pausa y el tío París cambio su tono.

—Pedro, perdón, yo no quiero argumentar contigo. Lo único que te estoy diciendo es que las cosas no son como antes. Solamente les pido, por mientras y por favor, quédense allá.

Colgamos. Estaba furioso. Era demasiado temprano para empezar a pensarlo de tal forma, como un lugar al que no podía regresar.

Con más tiempo, llegaron las siguientes noticias insondables. Fue cuando salieron a luz las fosas clandestinas, que vislumbraron más sobre el alcance de las atrocidades y la violencia sistemática que había impactado toda la región. No había palabras.

Todo el tiempo me quedé pensando… ¿Cuáles son las expectativas de una sociedad con respeto a sus ciudadanos?

La abuela solía decir: "Nadie sabe el bien que tiene, hasta que lo pierde".

De repente, sentí que toda la gente de Piedras Negras había sido engañada por el vaivén. El único alivio era saber que los abuelos no tuvieron que pasar por esto, que no tuvieron que ver o vivir algo tan feo. ¿Cómo se lo hubiera explicado a ellos? Era incomprensible.

¿Cuándo y dónde se sembraron las semillas que llegaron a brotar de tal forma? ¿Acaso había alguna sabiduría o consciencia que nos faltaba realizar, que no nos llegó a tiempo?

A veces lo veía todo en blanco y negro. Había un divisor claro entre los culpables y los inocentes. Por un lado, estaban las personas que conducían el crimen organizado, desde arriba hasta abajo. Por el otro, estaban las víctimas, sus familias y toda la sociedad que ahora vivía con este miedo constante.

Otras veces lo tenía que ver en los infinitos matices de gris. Como un hilo que es la raíz del daño, que ahora está arraigado en todos los intersticios de la tela. Como un virus que desmantela la salud y la función de todo un ecosistema. O como una pirámide que consiste en todas las capas de una maldad sistemática, no solamente los capos y los mercenarios, pero también todos los cómplices, los eslabones, los que apoyan el sistema porque le sacan algún beneficio.

Entre más y más lo pensaba, me di cuenta de que ninguna de estas metáforas o analogías iban a decir precisamente lo que fue. Lo cierto es que era una amenaza que llegó a quedarse por muchos años. Algo que también llegó a pegar en las otras fronteras y el más allá. A todo esto se iban a sumar la politización extrema de la frontera y las nuevas olas de migrantes que vendrían de lejos, huyendo de circunstancias inimaginables para buscar una entrada a los Estados Unidos. Toda la frontera fue usurpada como una herramienta, convirtiéndose en una palanca para servir a los intereses de los políticos, sin atender a las necesidades de la gente.

Entre todo el caos, fácilmente se pierde ese vínculo con la humanidad y la naturaleza, con el puente y el río. Fácilmente, se pierde consciencia de las víctimas y todas las historias de sus familias y la gente de Piedras Negras, que no salieron a la luz debido al control y al miedo que regían todo, o que cayeron en el sencillo olvido.

Me habló Antonio y nos pusimos a platicar sobre la mitología de la serpiente Quetzalcóatl… También sobre toda la teoría de nuestra fundación. La que cuenta que de conquistadores y conquistados nacimos nosotros los mexicanos.

—¿Esa es otra leyenda? —me preguntó Antonio.

—No. Es la teoría de Octavio Paz.

—Bueno, pues ahora parece referirse a toda la gente de Piedras…

Quizás era la lógica del tío Esteban, quien mantuvo que no necesitaba vivir con miedo porque él no estaba involucrado en nada. Quizás era astuto como el bisabuelo, quien siempre sabía qué decir cuando llegaban los soldados a tocar la puerta durante la Revolución. O quizás era su buena suerte y el hecho de que era una persona humilde y sencilla, de la tercera edad. O el simple hecho de que todavía no era su tiempo. Fuera lo que fuera, aquel día de balaceras a él no le tocó.

No fue hasta muchos años después, cuando todos nos volvimos a buscar de tal forma repentina y automática, en los celulares, en los grupos de texto, en WhatsApp, haciendo llamadas, cuando supimos que entonces sí era su tiempo. La noticia ahora nos pescó a todos en donde estuvimos. Ileana en la biblioteca, Antonio en el taller, Victoria en el súper, yo en la cocina haciendo el jarro de frijoles y el arroz para mi familia, en fidelidad a la abuela.

Era el mismo otoño y la misma noticia que se instaló en la temporada, intercalándose entre los cumpleaños y las fiestas, el Día de Muertos, el Día de Acción de Gracias, tomando su lugar entre los relojes y rituales celestiales que regían todo.

—Fue un ataque al corazón —me aseguró Inés cuando hablé con ella.

—¿Pudo haber sido por todo el estrés o el miedo constante del ambiente? —le pregunté. Yo estaba muy preocupado por cómo debía de haber pasado sus últimos años y días.

—Mijo, si tú lo conoces mejor que yo. Él no vivía con ansiedades. El tío siempre gozaba la vida. Hace unas noches lo vi con dos amigas. ¡Se veía tan feliz! Ahora piensa en la dieta, ese cigarro, la botella…

Dejó de hablar unos segundos.

—Ya era su tiempo.

De repente, sentimos la soledad y la ausencia del tío Esteban. Era el último de los nuestros que estaba en la otra casa. Era el último vínculo con ese tiempo-espacio. La noticia tuvo el efecto de unirnos, a distancia, mientras que Inés nos mantuvo informados de todo.

Sentimos la muerte del tío como el fin de una etapa. Tampoco había ninguna posibilidad de llegar al entierro. Ni lo pensamos. Incluso Antonio, estando tan cerca, se resguardó con su familia en Eagle Pass.

Ya no era la frontera de antes, la gruesa, en donde cabían ambos lados. Ahora era una frontera casi infinitamente delgada, que se aproximaba al centro del río. Debido a que tanta gente la empezó a utilizar como un escudo. Debido a las olas enormes y seguidas de migrantes que se toparon con las políticas y restricciones aduanales, atorándose en Piedras Negras en su marcha desde muy lejos hacia los Estados Unidos.

El resultado era que la región se sentía dividida en dos zonas. La zona que había sido expuesta a la ola de violencia sistemática y la otra, donde uno solía sentirse quizás más seguro. Pero todo sentido de seguridad era solamente una ilusión. Aún era la frontera porosa, en donde todo quedaba dentro del alcance. Aún surgía todo el movimiento de armas, drogas, dólares y migrantes. La frontera solo disimulaba las amenazas, dándoles otra fachada, mientras que otras fueron paulatinamente normalizadas a través del tiempo y del todo.

Inés sabía todo esto. Ella lo había visto de ambos lados, vivía sin miedo. Ahora nos pudo dar el alivio de saber cómo eran las cosas. Ella sí estuvo en el funeral del tío. También estuvieron el tío Cristiano, los tíos Ana y Ricardo, la tía Norma, el sobrino Panchito, las dos señoras Ordoñez, algunos de los primos y los tíos segundos. Había mucha menos gente que en el funeral de la abuela, pero era solemne y tranquilo. Aunque muchos ya se sintieron entumecidos por el pasado reciente. Para ellos, llegar al servicio del tío era simplemente una cuestión de tomar los siguientes pasos de un seguir andando que se había hecho muy gris en los años anteriores. Pero, como todo gris, siempre estaba la esperanza de que iban a volver días de felicidad y de sol.

En los días después del servicio Inés fue a la otra casa para encargarse de todo. Para mandarnos a cada uno lo que nos pertenecía. Para asegurar, sobre todo, que nosotros sintiéramos que el tiempo del tío se había marcado con dignidad, que la casa se había cerrado bien y para constatar que el tío Esteban ya descansaba en paz.

El laberinto de las casas

Desperté de la nada…

Estaba flotando en el mundo del tiempo dilatado. Estaba vagando como un espíritu, a través del aire. Estaba permeando las paredes opacas de las casas, siempre andando hacia el norte, paralelo al río. Estaba transitando el campo físico del espacio como un alma, viajando entre los vacíos y las casas que estaban pegadas, la una a la otra a la otra…

Sabía que estaba cerca. Estaba en la calle Xicoténcatl, entre la Terán y la Matamoros, pero del lado poniente, desplazándome sin mayor esfuerzo que toda mi voluntad restante. Pasaba de una casa a la otra, siempre andando, atravesando las paredes y las capas de ladrillo, sin resistencia. Todavía me faltaba cruzar la calle para llegar a la casa de los abuelos, para llegar a la recámara de muchas camas, para llegar hasta nuestras camas de niñez.

Ubicando el sueño

Estaba con dos de mis amigas y entendí que iban a viajar a la calle Xicoténcatl en México, para asistir a un taller de escritores.

—Yo voy con ustedes —les dije—, yo conozco la calle Xicoténcatl.

Ya sabía que se referían al venerable Piedras Negras, Coahuila. Saqué mis papeles y listos, nos fuimos.

El tiempo se dilató. Enseguida, me encontré dentro de la casa de los abuelos en el centro de Piedras Negras. Todo se desarrolló sin prisa, dejándome amplia oportunidad para entender cómo eran las cosas.

Era la misma casa de antes, la casa de siempre, con todos los mismos efectos: La mesa en el comedor rodeada por muchas sillas, los gabinetes con algunos toques de haber sido actualizados, la enciclopedia, la máquina de escribir, el piano, la puerta al patio, que rechinaba cuando alguien llegaba o al azar del viento. Éramos tres personas sentadas alrededor de la mesa: El abuelo en la silla donde siempre escribía a máquina, Victoria frente a él, y yo a su izquierda.

Todo se veía muy ordenado y muy limpio, mostrando la vigilancia y el cuidado con los que el abuelo había guardado la casa.

—No puedo creer que estoy aquí —dije una y otra vez, lleno de nostalgia y emoción—, no puedo creer que estoy aquí…

Victoria compartía todos los mismos sentimientos, el resplandor de su rostro lo decía todo. No faltaron palabras. Quizás era un sueño o un mundo fugaz, pero uno en donde habíamos vencido la imposibilidad de llegar a la casa de los abuelos.

Sentí la enorme y cercana presencia de la abuela, por el almuerzo que nos había recién preparado, pero no la vi. Sentí la presencia más sutil del tío Esteban al fondo de la casa, pasándose entre las recámaras, pero no lo vi. En un instante volteé y abrí el gabinete detrás de la mesa.

—¡Wey! ¿Dónde están los Milky Way? —le pregunté a Antonio, como si tuviéramos 12 años. Pero no lo vi.

¡Quería correr por toda la casa a ver quién más estaba allí! ¡Quería ir a los columpios al lado del primo y darle con todo! ¡Quería quedarme a cenar, a dormir, a vigilar la casa y encargarme de todo!

De repente se oyó algo de fuera. Pensé en el vendedor ambulante que solía pasar por el centro en aquellos tiempos, proclamando en voz alta: "¡Tamales, tamales!" Siempre le comprábamos de puerco y de pollo. Fue entonces que el abuelo se levantó con calma y orgullo para asomarse, a ver lo que era. Su ademán nos decía: "Yo voy, quédense tranquilos".

Caminaba perfectamente bien y anduvo muy bien vestido. Sus movimientos vislumbraron la sabiduría y la calma que le habían otorgado el tiempo, y la experiencia de haber visto todo lo transcurrido en aquel entorno a través de los años insondables. Y, sobre todo, de haber permanecido.

Y así volvió a su silla.

Reunión

Era un día soleado, sin calor ni frío. Un día perfecto.

Llegamos y me estacioné enfrente de la casa. Antes de entrar, vimos llegar otro carro que se estacionó detrás del nuestro. Ya sabía que era el plan, pero no lo pude creer.

—¡Antonio! ¡No puede ser!

—¡Ay, ay, ay! ¡Mira nomás, quién está allí!

Nos abrazamos. Siempre iba a ser el primo del columpio.

—¡Te ves rebién!

—Igual… ¡Ya hacía mucho, mucho tiempo!

—Demasiado…

—¡Hola!

—¡Hola! ¡Qué gusto verlos!

—¿Han estado bien?

—¡Sí! ¡Mira qué grandes están las niñas!

—Sí, ya están bien grandes…

Nos dirigimos hacia la casa. Detrás de nosotros venían corriendo todas las niñas de la siguiente generación. Abriendo la puerta, vimos que ya estaban Victoria e Ileana, con todos sus niños y sus maridos conviviendo, andando felices por todas partes. También estuvo el tío Cristiano, agudo y platicador, llevando traje y un bastón. También estuvo Inés. Ella estaba jugando con el niño menor de Victoria, su nieto. Se veía tan contenta y agradecida. Llegamos directamente con ella para saludarla y abrazarla.

Entre tantos años que Victoria y yo emprendimos la búsqueda de nuestra historia, nos habíamos demorado en hacer la pregunta quizás más obvia de todas, la de nuestra mamá y papá. Tal vez no era necesario. No nos faltaba nada en la casa de los abuelos. Pero ya que habíamos perdido todo lo relacionado con el lugar en donde crecimos, la casa, el hogar, los abuelos y el tío, ya que solamente nos quedaban los recuerdos y la nostalgia, de repente allí estaba ella, jugando con los niños y niñas de la quinta generación.

La abuela solía decir: "No hay mal que por bien no venga". Y es que sí. La niña había regresado.

Celebrábamos los 50 años de Ileana, lo cual nos dio amplio motivo para reunirnos y tener fiesta.

Había de todo en la reunión. Botellas de Negra Modelo, Jarritos y Topo Chico. Totopos, tamales, arroz, frijoles y guacamole. Salsa roja y salsa verde. Un pastel de tres leches, con arándanos y frambuesas. Otro pastel volteado de piña. Una *playlist* de música latina. Era el próximo giro, una pequeña evolución de lo de siempre.

Llegó el primo Azúcar con su esposa, una niña y un bebé, empujando la emoción al máximo nivel. Llegué directamente con él y le entregué unos jalapeños y habaneros orgánicos de mi jardín, porque le gustaba comer muy picante.

Nos inundamos en todos los nuevos acontecimientos, en cómo iban creciendo todos los niños y niñas, los detalles de las escuelas, el español y el inglés. Y, por supuesto, en las chambas, las obras, las vacaciones, los deseos, las vidas. Hablamos un poco del pasado y del porvenir, que siempre están ligados, y el ciclo de la nostalgia.

—¡Te ves rebién tío! ¿Dónde vamos a ver el eclipse del 2024?

—Deja te digo, parece que Piedras Negras está recobrando nueva vida…

—Hay que ir a verlo allí, en la misma colina, allí donde fuimos a buscar el cometa.

—Ja, ja, ja. Ese fue el cometa que nunca vimos. Solamente vimos a Azúcar tronando cohetes allá por la casa de la tía Nicolasa en la Del Rio Boulevard…

—Ja, ja, ja.

—Mira, yo lo veo como el nuevo ciclo. Todas las civilizaciones antiguas de México tenían su auge y su declive.

—Igual como pasó con la Revolución y la inundación…

—Exactamente. Por eso, un día debemos de regresar y comprar la casa en Xicoténcatl.

—Hay que ir por todas las monedas que dejamos allí. Ja, ja, ja.

—¿Cuáles monedas?

—Yo dejé unas enterradas en el jardín trasero, a un lado de los laureles…

—Te apuesto que también ha de haber en el ático.

—¿Hay alguien que se subió allí a buscar?

—Sí, yo subí una vez… Esas monedas ya no están —declaró Azúcar con una voz cuya certeza nos pescó a todos desprevenidos. Todos lo miramos al instante.

—¡¿Qué?!

Lo miramos con recelo, como si no le correspondiera a él adueñarse de la casa de tal forma.

—Ja, ja. Solamente una broma… —nos dijo al alivio de todos.

—¡Niño travieso!

—Piedras Negras va a regresar —declaró el tío Cristiano con calma y sabiduría—, gracias a la voluntad de la gente. Es la fundación de cada buena sociedad.

—Fíjate, de niño yo siempre quería dejar a Piedras Negras, el querido rancho del abuelo. Siempre añoraba el mundo más allá y quería ir a verlo todo…

—Eso es natural. Yo recuerdo que de niño le habías pedido a Santa Claus, no sé qué, un tren y un puente. Estabas tan emocionado por viajar y conocer el mundo más allá.

—¡Sí! Y deja te digo, me encanta ese mundo… Solamente que me he quedado añorando el lugar que dejé y que perdí. Ahora es como lo inverso de antes, una nostalgia tan fuerte que se ha convertido en un sueño. Como La Meca.

—Igual no hay ninguna prisa… Tú ya no tienes ninguna tarea, ya no tienes ningún quehacer. Quizás es mejor dejarlo así.

Sus palabras resonaron.

Tras cada pérdida, de una persona, de un espacio o un tiempo, uno desea recobrar la paz interior, cuando el corazón ha sanado, cuando el amor es pura fortaleza y los recuerdos devienen en una linda nostalgia que se puede evocar infinidad de veces… Pero esto es difícil cuando no se han atendido todos los pendientes en la vida relacionados con la pérdida. El tío Cristiano me dio la clave, recordándome que ya no había ninguna circunstancia física que fuera en contra de esta paz, que ya podía atesorar mi niñez y toda la historia de la familia y la frontera, sin dudas o inquietudes.

Todas las historias y las vidas del pasado, vislumbradas por los vistazos, ya consiguieron su desenlace natural.

Todos los acontecimientos, los sucesos y la maravilla de la juventud que llegaron a acariciar los cinco sentidos y que se entregaron a la marcha lineal del reloj, que los acomodaba más y más allá, en el pasado, sin cansarse, se convirtieron en los recuerdos y la nostalgia, que iban a evolucionar, irse y reaparecer, que iban a ser las raíces de mi cultura y proporcionarme encanto por el resto de mi vida.

Ya podía agradecer y disfrutar pacíficamente que todo se constató en el tiempo, ya podía acudir a los recuerdos y las fotos, ya podía invocar las recetas y la sabiduría de la abuela cuando quería, que siempre iban a ser el amparo más bello.

—Gracias tío. Tienes toda la razón. Solamente perderé ese sueño de La Meca. Podría regresar, pero ya no sería como antes.

—No. Aquel ya no existe.

Esa noche nos pasamos todos a la sala, donde nos acurrucamos en los sofás. Al fondo de la sala, había una mesa que estaba llena de marcos con retratos de familiares. Me pasé sin prisa entre las fotos. De repente tuve la idea o el sueño de que ya no era yo, sino que era otra persona, quizás veinte o cincuenta o cien años después, pensando o soñando o acordándose de mí. Vi una foto del tío Esteban y La niña, que me despertó de este ensueño, ambos estuvieron sentados en el comedor enfrente de la enciclopedia, sonriendo para siempre.

Destapamos el arroz y los frijoles para alentar a la memoria. Algunos recuerdos eran tan vívidos, mientras que otros se habían convertido en impresiones imprecisas o sentimientos salpicados por la lógica de algún detalle. Un nombre, un color, un mueble, un olfato. Una foto que nos vinculó a una isla de recuerdos olvidados, que volvieron a adquirir consciencia aquella noche, como si hubieran nacido en un sueño.

Allí nos quedamos hasta muy noche, hablando de aquellos tiempos en Piedras Negras, de nuestra niñez, hablando de la casa de los abuelos e inundándonos de toda aquella bella nostalgia, que volvió a adquirir su cualidad de inocencia, porque así es como se comparten las historias con los niños. Nosotros habíamos guardado silencio por muchos años, sin hablar de Piedras Negras, sin hablar de lo que pasó. Ahora, por primera vez en mucho tiempo, nos dimos cuenta de que necesitábamos contar todas las historias. Era una realización contundente y liberadora que nos pegó al unísono.

Allí la pasamos, contando relatos y leyendas de nuestro tiempo, de la frontera y del más allá, a todos los de la quinta generación, que ni siquiera habían conocido la frontera. Tenían tantas preguntas y se quedaron asombrados por recibir algunos vistazos de lo que era su patrimonio e historia familiar. Ahí nos quedamos todos plasmados en nuestros recuerdos y sentimientos, que nos iban a acompañar hasta el infinito.

Ahí, en la casa de Victoria, a un lado del enorme 50 que había en honor a Ileana, enfrente de la pared donde estaba colgada con una precisión sublime la imagen de la Virgen de Guadalupe de la casa de los abuelos.

Índice

1 — Apertura   1
1979 | Entrando al kínder | Cómo era la casa | Hipitayoyo | Cómo eran las cosas | El conocimiento de la abuela

2 — Un poco de historia   29
Los bisabuelos y la Revolución | La inundación y el tío Panchito | La enciclopedia y la entrega clandestina | Jorge Tamayo y la carretera 57 | *Our American Grandparents*

3 — Una vez para siempre   69
El Porsche y el tío París | Pasando al primer año | Descubrimiento | La fiesta y la tía Ronda | La devaluación y los huevos con win | La biblioteca y la experta | Reloj y ritual | Rompiendo tradición | Cometa Halley | Sin permiso | Alberca | Los tacos del recreo | Como una estrella fugaz | Más allá del rancho | Noticia

4 — Fin   150
La otra casa | ¡Felices fiestas! | Remolino Flores | El Moderno | Quetzalcóatl y el tío Esteban | El laberinto de las casas | Ubicando el sueño | Reunión

Ernesto Mireles creció en la frontera entre Coahuila, México y Texas, Estados Unidos. A los 13 años su familia se trasladó a San Antonio; a los 17 se matriculó en el Instituto de Tecnología de Massachusetts (M.I.T.), recibiendo una Licenciatura en Ciencias de la Computación. Años después, se graduó con un M.B.A. de la Universidad de California, Berkeley.

Autor de *Vistazos de la frontera* y *El amor es a tiempo*, Ernesto escribe poesía e historias que confrontan temas contemporáneos, incluyendo la fusión de culturas, el llamado de la crisis climática, la naturaleza y nuestra relación con el tiempo. Vive con su esposa e hija en Massachusetts, dónde se dedican a la cocina de la abuela.

CPSIA information can be obtained
at www.ICGtesting.com
Printed in the USA
JSHW080916210523
41985JS00003B/140